亦
舒
作
品

亦舒

- 作品 -

34

# 寂寞的心俱乐部

CTS

湖南文艺出版社

博集天卷
CS-BOOKY

寂寞的心俱乐部

目录

# 寂寞的心俱乐部

## 壹·

一个人要自得其乐。

岑诺芹一进会议室，就觉得气氛有点异样，簇新装修，空气有点寒冽，她拉一拉衣襟坐下。

有人斟一杯咖啡给她。

新任编辑尚未出现。

诺芹听前辈说，从前的报馆或杂志社设施多数简陋，有的连冷暖气也没有。经过二十年发展进步，现在有规模的文化机构设施已同其他大公司没有什么分别了。

今日她应邀来到宇宙出版社见总编辑，一直以为还有其他行家，可是会议室只有她一个人。

开会时间已经到了。

门一推开，一位年轻、目光炯炯、满面笑容的女子走进来，一边伸出了手："是岑小姐吧，我叫伍思本，是宇宙杂志新总编辑。"

诺芹立刻站起来与她握手。

伍思本身后还有一位助手。

她介绍道："我的好帮手，林立虹。"

伍思本穿着一件鲜红色外套，这正是诺芹最不喜欢的颜色之一。

她静待对方先开口。

看样子，伍思本已经代替了罗国珠的职位，国珠在宇宙机构工作五年，忽传与老板不和，跟着销声匿迹。

一刹那，诺芹想念以前与罗国珠相处的好日子。

她轻轻问："其他的同事呢？"

伍思本把身子趋向前一点："今天，就是我同你开会。"

诺芹留学英国，很感染了人家那种含蓄低调的静，最怕美式咄咄逼人的大动作。

果然，伍思本说："我来自威斯康星大学麦迪逊学院新闻系。"

诺芹客套地点点头。

伍思本忽然大声笑起来："你看，现在中文报馆的编、写人才都留英留美，镀金镀银，同从前是完全不一样了。从前，中文报馆最多是来自内地的所谓知青，嘿，我对本市文化演进，做过详细研究。"

诺芹见她如此嚣张，心中不禁反感，面子上只是不露出来。

伍思本说下去："我同老板说，我们这一批新文化人，允文允武。"

诺芹真想揶揄地说一句不敢当。

"岑小姐——"

"叫我诺芹得了。"

"名字真文雅。"

"你的也是。"

"是，中文名字动听，反映文化，比爱丽斯、阿曼达悦耳多了。"

咦，这话比较中听。

"我上班第三天，就下令叫公司里所有叫樱桃、云呢拉的女孩子另觅芳名，宇宙不是冰激凌店。"

诺芹忍不住笑了。

这些都是题外话，她到底想说什么？

"诺芹，你为我们撰稿，已经有一段日子了。"

诺芹笑笑，怎么样，想拿她开刀？

"诺芹，这半年来经济不景气，你想必知道。"

诺芹微笑："我亦有看报。"她语气已开始讽刺。

"你的短篇小说非常受欢迎。"

诺芹欠一欠身。

这是事实，无须商榷，否则，她没有资格坦然坐在这里，看这位脸带三把火的新官想说些什么。

"杂志改版了，我们的意思是，想增多一栏。"

来了，来了。

什么都赖经济衰退，听说有家报馆正在怂恿女性作者写黄色小说，以招徕读者，亦推说衰退期人心好色。

真叫人寒心，诺芹的脸色渐渐严谨。

"诺芹，你且慢反感。"

诺芹不想否认，她的确对这些新主意没有好感。

"老板的意思是，想帮你订一份合约，小说连载专栏，为期一年。"

"酬劳呢？"

"老板不是吝啬之人。"

"我知道。"

"但他也不是呆瓜，现在这种局势，不减价的也只有你岑诺芹小姐一个人，老板不压你价，是因为你有号召力。"

好话谁不爱听，诺芹照单全收，心想：这伍思本虽然锋芒毕露，但到底还算一个识货之人。

"写什么新专栏？"

伍思本示意助手，那位林小姐拿出一张卡纸，钉在壁报板上。

诺芹一看，怔住。

她不相信双眼，白卡纸上画着粉红色的串串玫瑰花环，加上淡紫色被箭穿过的两颗心，衬出七个紫色美术大字：寂寞的心俱乐部。

诺芹傻了眼。

伍思本兴致勃勃："怎么样？"

"为什么不用'寂寞之心'？"诺芹只能避重就轻。

"嗳，诺芹，年轻读者不喜欢之乎者也，一见就怕。"

啊，错把读者当白痴。

"今日大学生众多。"

"那些人都不是我们的读者。"

"我不敢苟同。"

伍思本凝视她："我们做过市场调查。诺芹，你让我把新计划说完好不好？"

话不投机半句多，照诺芹老脾气，早应该站起来客气地告辞了，但不知怎的，她仍然坐在会议室里。

也许是经济不景气令人心怯。

行家中盛传某人离乡背井去了南洋写电视剧，结果制作中断，音讯全无；又某人四处叹五更，说找不到工作；而某人一支笔越写越猥琐，乱撒盐花……

唇亡齿寒，诺芹沉默下来。

老行尊都说出版业全盛时期已过，二十世纪八十年代几乎每年都有好几份新报纸、杂志出版，今日，文字行业式微。

有些出版社欠稿酬已有一年，也许是真的迫不得已，也许，是乘机克扣。

只听得伍思本说："这是一个爱情问题信箱。"

到这个时候，岑诺芹已经倒足胃口，她一边耳朵发麻。她站起来，轻轻说："士可杀，不可辱。"

她原本以为一定能够顺利离去，可是伍思本站起来拦住她。

"诺芹，给我十分钟时间。"

诺芹不怒反笑："我投降。"她举起双手。

"请接受改革。"

诺芹说："每个人都有原则。"

伍思本说："我的宗旨是保住饭碗。"

"衣食足，知荣辱。"

"喂，岑诺芹，你根本不像是一个读英文的人"。

诺芹大笑："讲英文不等于无廉耻。"

伍思本也动气了："喂，我又不是叫你奸淫掳掠。"

这倒是真的。

"唏，你反应奇特，真正岂有此理。"

"伍女士，已经交出的稿件随你刊登与否，我们谈话到此为止。"

"请留步。"

"勉强无幸福。"

"我也是受人二分四。"

"不必这样吃苦，天无绝人之路。"

伍思本大嚷："做爱情信箱主持人有什么不妥？为读者指点迷津，功德无量。"

诺芹哧一声笑出来。

"诺芹，今日被人捧上天际的大师也不过靠江南七怪、桃谷六仙起家，你镇静些好不好？立虹，去做两大杯冰咖啡进来。"

啊，副编辑还得做咖啡？

世道变了。

岑诺芹冷静下来："我不会做信箱主持。"

"不会，还是不愿？"

"那你就不必细究了。伍小姐，还有，小说稿你可用，也可不用。"

"哗，够派头。"

诺芹笑笑，不再与这红衣女计较。

"可是，如此倔强，是要吃苦的吧？"

"我已硬颈一世，从来没有请叔叔伯伯们多多指教过。"

"诺芹，我们都很欣赏你这一点。"

岑诺芹告辞。

离开了宇宙，她朝天空看去，都会已很少看得到蓝天白云，说得好听点是烟霞笼罩，实情是空气污染到极点。

什么都有两种说法，岑诺芹可以称自己是作家，可是，轻蔑点，她也只是一个爬格子的人。

姐姐庭风曾经这样介绍她："诺芹笔耕为生。"

她的小车子往姐姐处驶去。

这辆座驾还是长袖善舞的庭风送给她的生日礼物，否则，到了今日，她这个大作家还不是挤在地铁里，天天在专栏中抱怨同胞既吵闹又粗鲁。

庭风住山上，十年前挣下的产业，这一年来价钱落了一半，可是比从前，还是赚了三倍。

庭风的口头禅是"老钱才值钱"。

她来开门，看见妹妹，不禁一愣。

"哗，干什么，灰头土脸的？"

诺芹摸一摸面孔："看得出来吗？"

"晦气星下凡不过如此。"

"唉，一言难尽。"

"不如转行吧，跟我做生意。"

"多猥琐。"

"咄，你那行很清高吗？一样个个不择手段想名成利就。"

诺芹不出声。

"现在回头还来得及，今晚有客人自上海来，跟我出去吃饭。"

"不安于室，高计梁就是因为这样才跟你离的婚。"

"你这张乌鸦嘴。"

诺芹忽然对姐姐没头没脑地诉起苦来："叫我做信箱主持呢。"

谁知庭风大感兴趣："咦，好呀。"

"什么？"

"近日市民内心苦闷，有怨无门可诉，信箱是宣泄好途径。"

"不是三十年前的老套吗？"

"旧瓶新酒，有何不可？"

"可是，叫寂寞的心俱乐部呢。"

"嗳，是绝招，我的心就不知多寂寞。"

"你的意思是说，这信箱有意思？"

"当然够生意经。"

"不觉庸俗？"

好一个岑庭风，到底有生活经验，她不徐不疾，和颜悦色地说："亲爱的妹妹，每张报纸每日副刊上都刊登数万字，你认为有几个字可以传世？都不过是找生活罢了，何必太认真。"

"总要对得住良心。"

庭风眯眯笑："是，不能诲淫诲盗。"

"用笔名还是不用笔名？"

庭风真当一件事来思考："嗯，叫兰心夫人好了，蕙质兰心嘛。"

"为什么信箱主持都是夫人？"

"生活经验比较丰富的成熟女子，才有资格指点迷津呀。"

"兰心夫人寂寞的心俱乐部?"

"有何不妥?"

诺芹骇笑。

"你仔细想一想吧。"

"不用想,已经推掉了。"

庭风点起一支烟:"意气用事,至死不悟。"

诺芹挺挺胸:"宁做一日狮子,莫做一世兔子。"

庭风颔首:"能够这样豪爽,不外因为父亲的遗产尚未用罄。"

诺芹换转话题:"你还在吸烟?"

"在我家,我是主人。"

"家里还有孩子呢,你想涤涤看着你患肺气肿或冠心病吗?"

这下子点中她的死穴,庭风跳起来:"信不信我赶你走。"

"单身母亲够辛苦,有无前夫消息?"

姐姐不去理她,更衣上班,披上身的,竟也是鲜红色外套。

诺芹吟道:"每到红时便成灰。"

"今日的读者听得懂吗？"

"读者什么都懂，一个写作人可以犯的最大错误便是低估读者的智慧。"

"这种想法不过时吗？"

"永不。"

"来，我们去喝茶。"

"这么些年来，岑庭风一到街上，本市消费指数就立刻弹跳。"

"一个人要自得其乐。"

"涤涤放学没有？"

"司机会去接她。"

"我也去。"

"多事。"

诺芹坐车到校门，小小的高涤涤背着沉重书包走出来，一见阿姨，立刻伏在怀里。

上次就这样给老师看到了，责备高涤涤仍似三岁，不成熟，诺芹急急拉她上车。

涤涤抱住阿姨手臂不放。

"嘘，怎么一回事，功课很累人吗？"

涤涤点头。

"我们去公园走走。"

司机回过头笑："二小姐，涤涤要赶着去补习呢。"

"啊。"诺芹好不失望。

反而是涤涤笑起来："我只有星期天才有空。"

阿姨与外甥女只得道别。

诺芹一个人回到家中，丢下手袋，电话铃响了。

"回来啦？"

"你是谁？"

"咦，刚才见过面，你的编辑伍思本呀。"

诺芹踢掉鞋子："什么事？"

"经济不景气，大家帮忙撑一撑，你是见过好世面的人，应当回馈社会。"

"咄，我入行不过五年，那些中年作家才享够福，不少还移民当寓公去了。"

"他们赚六元千字时吃的苦你不知道，小姐，你一入行已经拿六元一个字。"

"你哪只手给我那么多！"

"各有各的难处。"

"什么难？听说那时连不交稿的都可以成名，稿费年年上涨，抢来抢去，阿茂阿寿都是文坛香饽饽。"

"奇怪，他们却说今日成名易。"

诺芹答："即使出了名也赚不到钱。"

"一年也有好几十万了。"

"那算什么。"

伍思本叹道："别动辄抬美国顶尖畅销大作家的名头出来，告诉你，我上个月才自纽约回来，那里书店大减价，托尔斯泰的《战争与和平》才卖三美元九毛九，岑小姐，比你的爱情故事廉价得多。"

诺芹忍不住笑："跟你谈话真有意思。"

"那就多讲几句吧，我也不过是打工仔，听差办事，得向老板交代，姑奶奶您到底是写呢，还是不写？"

"稿酬如何？"

伍思本大吃一惊："什么，问我拿稿费？小姐，你还做梦呢，上头叫我减你稿费，我出不了手，才叫你送一个信箱。环境如此惨淡，你不是装糊涂吧？"

岑诺芹呆住。

原来情况已经坏到这种地步。

"话已说明白，明早有空来一次，商议细节，大家齐心协力挨过此劫。将来股票升到二万点时，随你敲竹杠，你说怎么样？"

"文艺怎会同股票挂钩。"

"天地万物都与股市挂钩，明白没有？"

"多谢指教。"

挂上电话，诺芹觉得头昏脑涨，她像都会中所有年轻人一样，是被宠坏的一代，穿意大利时装，吃日本菜，喝法国酒，聘用菲律宾家务助理；从来没有受过什么打击，因为没有刻骨铭心的对象，连失恋都未曾试过，可是，今日她也不禁跌坐在沙发里。

打仗了。

这叫作经济战，都会仿佛节节败退。

打开电视，看到俄国人民涌往银行提款，面包店空空如也，这叫诺芹发呆。

她去查自己的糊涂账。

上个月到书展去坐着签名，一连五日，天天新装，连上理发店等一共花去数万元，效果虽好，可血本无归。写作人到什么地方去找服装津贴？报税时都不能上呈。

这种开销若不省一省，一辈子不用想有积蓄。

又前几日逛街，某古玩店里放着三块叶状浅褐绿色古玉，也忍不住掏腰包，叫人用蛋青色丝线串了当项链，爱不释手。

这样多的嗜好，什么时候才能退休？

厨房里堆着香槟酒，记者来访问："岑小姐，香槟最好伴什么主菜？"

诺芹记得她假装大吃一惊："什么，香槟不是净饮的吗？"

竞争激烈，不得不加强演技，岑诺芹已是老新人，夹在根基深厚的旧人与毫无顾忌的真正新人之间，压力甚大。

没想到现在还得与大气候打。

她忍不住大嚷："生不逢时，时不我予。"用拳头擂着胸膛。

也根本不想与亲友通话，人人一开口都先"唉"一声，大叹三十年来从未见过类似的局势。

可怕。

走到书桌前坐下，只见稿纸上一个个格子似嘲弄地跳跃，所以许多同行索性改用电脑打字。

诺芹读英文，可是也费了一番劲学会打中文，不过始终选择亲笔，我手写我心嘛。

况且有一次，某编辑曾有疑问："这篇小说是你写的吗？我们觉得风格不似，岑小姐，下次原稿可否用手写？"以资识别。

大学里一位教授收集名人笔迹，诺芹见过海明威亲笔，一页纸上只写十行八行字，字迹清秀细致，不似他外形粗犷。由他妻子捐到卖物会拍卖，当时只售五百美元，今日也不贵，大约数千美元，可是看上去十分亲切。

诺芹文思打结。

写不下去了。

她叫李中孚出来陪她。

中孚可以说是她的男朋友，开头，彼此还有意思发展将来，渐渐觉得没有可能，感情升华，变成兄弟姐妹那样，可是仍然喜欢调笑。

中孚在政府机关做事，都会政权移交前后被嘲笑为朝秦暮楚，毫无贞节，可是经济一不景气，他这份同辈眼中的鸡肋工作忽然千人羡慕。

李中孚说："下班才能来陪你。"

"都五点半了。"

"小姐，你不知民间疾苦，七点半我或许可以赶到，你打算请我吃家常菜？"

"我不擅烹饪。"一开了头没完没了。

"诺芹，你得学做家务，环境差，娇娇女将受淘汰。"

他当然是开玩笑，可是诺芹也发觉女作家这身份在经济低迷的时候颇为尴尬：妆奁不会多，多半不懂粗活，倘若不以热情搭够，前程堪虞。

诺芹厨房里通通是罐头：罐头鲑鱼、罐头龙虾汤、罐头烟蚝、罐头椒酱肉、罐头油焖笋……

否则，弄得一头油腻，还如何致力于写作。

李中孚终于来了，顺手带来烧鸭、油鸡，连白饭都现成，算得体贴入微。

诺芹怪艳羡："好像只有你们才会加薪水。"

"明天就加入公务员行列如何？"

"没兴趣。"

"那就别忌妒。"

"中孚，现在可是结婚时候？"

"你说呢？"

"大家心里不再虚荣，也不敢向上看，总算比较踏实，也许是结婚的好时刻。"

中孚笑起来。

"今天这一顿就很好吃。"

"过去，都会风气的确欠佳，实在太过繁嚣奢华。"

以前，谁要听这种话？今日，倒是觉得有点意思。

李中孚说："我有稳定收入，又有宿舍、汽车，清茶淡饭，养得活妻儿，可是，你会甘心吗？"

诺芹答："有时很累，也想过这件事。"

"我对你有信心，你尚有许多精力。"

诺芹忽然问："中孚，你可听过读者信箱这回事？"

"像亲爱的爱比与安澜达斯那种？"

"是，你知道这回事？"

"当然，二十世纪六十年代盛极一时，写得好还真不容易。"

奇怪，他们对此仿佛都没有反感。

中孚问："你想主持信箱？"

"不，说说而已。"

"你的经验恐怕不够，写这种专栏，起码要有心理学的学位。"

"最怕他们什么都问。"诺芹喃喃说。

"多数是感情问题吧？"

"这种事上，谁帮得了谁呢？"

"读者的目的不外是倾诉宣泄一下。"

诺芹改变话题："外头怎么样，都说些什么？"

"一年前抱怨房子卖得太早，一年后悔恨房子卖得太迟。"

诺芹咏一声笑出来。

"我同你身无恒产，免去这种烦恼。"

诺芹说："是我俩品格廉洁吧，我真对投机生意一点兴趣也没有。"

中孚笑笑："我则觉得世上岂有这样便宜的事：逢赌必赢，且非天下第一营生。"

诺芹叹口气："可是一等好市民照样受到坏影响，单是这种沉重气氛，就叫人受不了。"

"你真的一份股票也没有？"

诺芹答："股票到底是一张证书模样，抑或一沓票据那般？我还没有见过。"

"哎呀，岑诺芹，我爱你。"

诺芹啼笑皆非："神经病。"

"令姐呢？"

"她有预感，去年八月某夜突然惊醒，大声喊：没有理由升成这个样子。第二天清早便把所有东西卖掉，幸保不失。"

"算是老手。"

"其实也很简单，当全人类都去炒卖的时候，市场离崩溃之期不远矣。"

"马后炮。"

"咦，李中孚，我们以前好似未曾如此畅谈过。"

"以前你爱拉着我往外跑，哪里有时间诉心事。"

诺芹承认："是，以前天天有应酬。"

不是这个请就是那个请，有时一日走两场，怕主人不高兴，只得两边赶。

还得接受电台电视访问，那最劳神耗时，出镜三分钟，准备得三小时。

现在，这一切好似都静下来了。

诺芹问："市面会否复苏？"

"一定会。"

"你倒是比那些著名经济学家肯定。"

"三两年内一定有好转。"

"中孚，我想对世界经济加以研究，该从何处入门？"

李中孚似笑非笑："马克思的《资本论》。"

"什么？"

"卿本佳人，不必理会世事，照样吃喝玩乐即可。"

"岂有此理。"

"让我来照顾你。"

那一晚，李中孚很晚才告辞。时间过得飞快，叫他诧异，从前陪诺芹去应酬，一顿饭似一年长。

第二天，岑诺芹应邀到宇宙公司。

伍思本迎出来："呵，大作家到了。"

好话人人爱听，谁还理真假，诺芹笑起来。

"请到我办公室。"

她关上门："考虑得怎么样？"

"无心动笔，最好搭伊丽莎白二号轮船去环游世界。"

"说得好。现在，我可以把计划说一说了吧。"

"请。"

伍思本松一口气："每期答一封读者信，由你与另一位作者一起主持。"

"我不惯与人合作。"诺芹板起面孔。

"你俩不必见面，各做各事。"

"自说自话？"

"正是，找两位作者，是想给读者多一个意见。"

"另一人是谁？"

"神秘作者，笔名文思，我不会透露他的身份。"

诺芹又反对："他在暗，我在明，不不不。"

伍思本立刻说："你放心，他也不知你是谁。"

"我也用笔名？"

"肯不肯？"

诺芹反而松口气："计划很有意思。"

谢谢。

大家不露面，意见可以比较放肆。

"对方是男是女？"

"无可奉告。"

诺芹真服了伍思本，做她那份工作也不容易。

"大抵也是女子吧？"

"我会把你的身份也守口如瓶。"

"真的要那么紧张？"

"这个安排会对读者公开，好叫他们产生兴趣。"

"可以救亡吗？"

"不知道，编辑部尽力而为。"

她给作者一个信封："这是第一封信，明天交稿。"

"我的笔名叫什么？"

"他叫文思，你叫文笔吧。"

诺芹有点沮丧："我们熬得过这个难关吗？"

"同心合力试一试。"

"其他同事可有表示？"

"上月起已减薪百分之二十。"

诺芹惊呼一声。

伍思本也叹气："士气遭到极大打击，主要是多年来我们只有过加薪，曾有一年拿过五个月的奖金，从来不知失败滋味。"

诺芹搔着头："怎么会想到有今天？"

"别气馁，全世界都如此不景气。"

"可是，我们一向是天之骄子，怎么把我们也算在内。"

"是，已经被宠坏了。"

诺芹无话好说。

"等你交稿。"

诺芹识趣地告辞。

另一位作者是谁？

也许就是伍思本，她不说，也不便点破她。

做一个写作人，最好写一本小书便成名，以后吃老本，专门指责人家忌妒他。

世上哪有那么便宜的事。

诺芹的一支笔感到前所未有的压力。

写些什么好呢？继续皮笑肉不笑，瞎扯一些不相干的题目，抑或发奋图强，揭竿而起，反映现实？

两者皆非她擅长，真正头痛。

呵，入错行了。

又不是没受过正统教育，原本可以教书，或是到商业机构谋一职位，五年下来，应当有成绩了。

现在绞脑汁为生，忽然文思淤塞，真是叫天不应，叫地不灵。

她轻轻打开信封里的读者信。

"亲爱的——"

亲爱的？诺芹想，真荒谬，我都不认识你。

"亲爱的俱乐部主持人：我已经结婚十年，有两个孩子，一个九岁，另一个三岁。家境还算过得去，雇着两名用人做家务。可是上次到温哥华度假，看到朋友家花园、洋房占地很大，又有泳池，非常羡慕，回来后怂恿丈夫移民，他却反对，我便闷闷不乐……"

诺芹瞪大双眼。

这种毫无智慧的信件，怎么样读得下去，她用手撑住头。

诺芹用红笔大力批下："虚荣！贪心！是这种人给女性带来恶名。"

还帮这种人解答问题呢。

她将信件传真到编辑部。

伍思本的答复很快来了。

"意见不够详细，请至少书写五百字。"

也好，索性让这个人知道岑诺芹真实的想法。

诺芹痛斥她不学无术，外边交给丈夫，家里推给家佣，完全弃权，却奢望有更舒逸生活，不劳而获，还要希企得到更多。

"从前，"她这样写，"我一直不了解为什么老式男人要看低女人，现在，我有点明白了。"

伍思本看了骇笑。

同事说："会不会引起读者反感？"

好一个伍女士，不慌不忙地说："不怕，有噱头。"

"喂，人家只不过艳羡一座游泳池而已。"

"不，你看仔细一点，这个女子的确不满现实。"

"我也有同样毛病。"

"我们正想叫读者起哄。"

"哗众取宠。"

伍思本承认："是又怎么样？现在已经到达肉搏阶段。"

"哗，那么难听。"

"来，大家赤膊上阵。"

信箱正式登场。

与文笔刚好相反，文思冷静地循循善诱："这位读者，夫妻贵乎互相体谅，他不是不想移民，给你与孩子们更好的生活，也许，暂时尚未有能力……"

诺芹没好气："这是哪处乡下来的老太太。"

编辑部一共接了上百通电话，读者迅速分成两派，一派拥护文思，另一派站在文笔这边。

三期之后，"寂寞的心俱乐部"成为最受欢迎的专栏之一。

宇宙许多同事大感不解："我们出生入死做头条新闻，受欢迎程度竟然不及这无聊的信箱？"

"唏，世界几时公平过，艳女裸照更惹人注目。"

一日，诺芹正在回信，电话铃响。

"诺芹？我是罗国珠。"

诺芹一声惭愧，噫，是前任总编辑，人一走，茶就凉，她都几乎不记得这个人了。

"出来喝杯茶？"

"我——"诺芹走不开，但，实在不方便说不，"好，能不能到舍下来，说话方便些？"

"半小时后见。"

诺芹连忙把信箱资料收起来。

罗国珠来了。

她一坐下来便开门见山，提出要求："诺芹，我已在新联日报上班，打理副刊，请赐一段散文稿，至少写三个月，我俩相识一场，请勿叫我失望。"

诺芹惆怅地看着她。

新联是二线报，销路、格局都与宇宙差一大截，不能比。

拂袖而去不要紧，但是去到更差的地方，就叫旁人难过。

"下星期交稿。"她口气一如从前般权威。

"我——"

"你不是想推搪我吧？"

"我——"

"如果忙不过来，停掉宇宙周刊那边也罢。你看，自从我走了之后，他们搞成什么样子！喂，连南宫夫人读者信箱这种东西都借尸还魂呢。"

岑诺芹不敢说，她就是那尸。

"宇宙还有什么好写？不如移师新联，你我并肩作战，我好好替你宣传。"

诺芹斟上一杯薄荷茶："大姐，你听我说。"

"讲呀。"

"我的工作排得密密麻麻。"

"多给你三天时间。"

诺芹提起勇气："不，大姐，我不打算给新联日报写。"

罗国珠好像没听懂，愣在那里。

"我想在宇宙守一守。"

"什么？"

"目前不是东征西讨的时候，你明白吗？"

"我已同上头说过岑诺芹会加入我们。"

"大姐，你应当先与我说一声。"

"我以为——"她以为可以代朋友发言。

"恕我不能做这件事。"

"那么，帮我写一个月。"

"大姐，莫叫我为难。"

"我明白了，人情冷暖，我不怪你。"

诺芹送她到门口。

"祝你凡事顺利。"

"我会成功。"

罗国珠气愤失望地离去。

两个多月后，诺芹在报上读到新闻：新联日报停刊。

当时，她关上门，松一口气。

心里替罗氏的遭遇难过。

本来，东家不做做西家，现在，都没有西家了，人，是应当有积蓄吧。

诺芹觉得严冬好似已经来临。

他们都是草蜢，不是蚂蚁，不知熬不熬得过难关。

沉默一会儿，她取出读者信件继续工作。

"亲爱的文笔：我是个十八岁的女孩子，非常想文身，以及穿鼻环，你赞成吗？"

诺芹据实以答："十八岁已经成年，你的身体，你自己选择。请到合法卫生的文身馆，怕痛的话，叫他们先注射麻醉药。"

这封简单的信一刊出，四面八方的卫道人士发起疯来，通过教育团体攻击文笔，写信到宇宙公司董事局要求开除文笔这个人。

岑诺芹也有拥护者，他们来信说："反封建反约束，十八岁已经成年。"

文思怎么答？

这老太太保守讨好地说："文身很难脱掉，将成为你终身烙印。身体发肤，受之父母，你愿意人家以歧视的眼光看着你吗？"

诺芹真正讨厌这个迂腐脱节的女人，大声对伍思本喊：
"我要求换搭档。"

"人家也那么说。"

"那么，分手也罢。"

"就因为二人意见南辕北辙，所以才有看头。夫唱妇
随，齐齐庆贺，有什么好看。"

"老板会不会有意见？"

"哈，他高兴还来不及，如此富争议性，始料未及。"

诺芹感慨："不理我们死活。"

"当然，全世界的老板都是另外一种人类。"

诺芹吁出一口气，早些弄清楚也好。

她说："前天，我见到罗国珠。"

"谁？"伍女士连头都没抬。

"罗国珠。"

"谁？"

这人已经消失了，仿佛从来没有出现过。

"没有什么。"

"诺芹，你有无考虑用真名写信箱？"

"永不。"

"你的信箱读者人数已比小说多。"

诺芹大为震惊："不！"

伍思本笑："你应当高兴才是呀。"

诺芹心都怯了："你们怎样统计到数字，可靠吗？"

伍思本答非所问："福尔摩斯的创造者柯南·道尔一直认为自己是个历史小说作家，而非市场上通俗的侦探小说作者。他写侦探小说写得非常勉强，一直想把福尔摩斯置于死地，好腾出时间来写历史小说，你们写作人的心真奇怪。"

诺芹黯然："不敢当不敢当。"

"这是俱乐部转交给你的读者信。"

诺芹摆摆手。

"你没有时间的话，我会叫立虹拆阅。"

"立虹也可以代答。"

思本狡猾地笑："将来你若耍性格，我就请她顶上。"

"呵，阴谋，所以叫我们用笔名。"

"小姐，你肯用真名吗？"

真没想到会那样受欢迎。

来信多得要用那种黑色大垃圾袋装起来，每袋几十封，一个星期就几百封。

给文笔的只有信，可是文思还收到各种礼物，包括丝巾、钢笔、毛布娃娃等。

诺芹想，可不乐坏那老太太。

伍思本想把信箱扩张到日报上去。

"一日一信。"

"太辛苦了。"诺芹反对。

"不会叫你白辛苦。"

诺芹叹口气："你恢复我长篇小说专栏可好？"

"诺芹，我不过是个中间人，我本人并无喜恶，一切顾客至上。"

诺芹不出声。

"听说你也很会要价，出版社对长篇情有独钟。"

诺芹取了信就走了。

# 寂寞的心俱乐部

## 贰.

因为世上没有感同身受这回事，

所以文笔永远潇洒，

给的答案十分新奇。

那天，她拆开一个中年太太的信："子女长大了不思回报，金钱和时间都吝啬，心目中只有自己家庭，我十分不满，不孝子女应由政府立例惩罚……"

诺芹这样回答："成年人不应向任何人索取时间和金钱，施比受有福。"

哗，中老年读者反应激烈。

"毒妇，公开提倡不孝。"

"你一辈子没有儿女就好。"

"祝你子女忤逆无比。"

"毫不体贴，这种人怎有资格主持信箱，取消资格！"

岑诺芹觉得读者写得比她好。

伍编辑也有此想，把这些来信也刊登出来，你一言我一语，不知多热闹。

诺芹看着版面，苦笑说："像马戏班一样。"

是，这是一个各施各法，自由争取名利的行业，一点规则也无。

想有尊严、规矩吗？岑诺芹，立即改读法律也还来得及，你已有英国文学学位。

届时，上法庭不慎穿错浅色服饰都会受法官教训，一是一，二是二。

不过，马戏班热闹好玩呀。

小时候，诺芹向往离家出走，一辈子跟随马戏班生活，现在可以说如愿以偿。

"文笔，这件事请帮我做主，我未婚怀孕，对方不愿负责。"

"文笔，我结婚十二年，丈夫现有外遇。"

"我同时爱上甲乙二人，并且有亲密关系。"

"她一直用我的钱，但是一颗心并不属于我。"

"我遇到了七年前的旧情人，感觉仍然在。"

"我爱他，但是我始终认为，男方应有能力担起所有家庭开支。"

千奇百怪，什么都有。

因为世上没有感同身受这回事，所以文笔永远潇洒，给的答案十分新奇。

像："你那么享受蹉跎，何必问我。"

"不舍得离婚，不必多言。"

"真羡慕你有办法可以同时爱两个人，怪不得来信公诸天下。"

"你要她的心来干什么？血淋淋，别太贪心。"

"找男人付钱的工夫，要自十六七岁开始锻炼，你已经二十八岁，太迟了，实际点好，一人一半吧。"

不出半年，文思，寂寞的心俱乐部的另一半，忍无可忍地向她发炮。

"这女人没一句正经，每个字似毒瘤般荼毒读者，太太可怕了。"

但其他报章纷纷效仿，创立同类信箱。

"喂，电视台想访问你呢。"

"访问岑诺芹?"

"不，文笔女士。"

"不去。"

"文思却答允了。"

"啊，我会拭目以待。"

电视揭秘节目访问这位信箱主持人，哗，真精彩，丝巾蒙头，又戴顶大帽子，只拍背部，声音又经过处理，完全见不得光的样子，故作神秘。

诺芹在电视前发呆。

她还以为对方是落伍、肤浅、故作温情泛滥的老太太，或许是，但人家宣传手法、噱头、脸皮之厚，都胜她多多。

并非一盏省油的灯。

要做到那样，也真不容易。

不过，那样出名，比不出名还惨。

诺芹忽然累得不像话。

"李中孚，过来陪我。"

"没问题，呼之即来。"

幸亏还有这个老朋友。

文思女士，这种关系可以维持多久？

文思必然会一本正经地答："你若对他无心，就不要耽搁人家的青春——"

想到这里，诺芹忍不住笑出来。

文笔女士，你又怎么看？

互相利用，各有所得，别太替人家担心。若一点甜头也无，或是已经找到更好的，他自然会一走了之。

为什么世人不爱听真话？婆婆妈妈、虚伪、不切实际的空话倒是受欢迎得很。

实话，太残忍了。

李中孚抬着一箱香槟酒上来。

诺芹问："为什么一箱酒只有十瓶而不是十二瓶？"

"人家放十二瓶，你又会问为什么不是十四瓶。"

"马上开一瓶来净饮。"

"有什么值得庆祝？"

"活着。"

"到底是女作家。"

"太平盛世，同女作家做朋友还真蛮有趣风雅。"

李中孚笑笑："我没那样看。"

"逆市，世人想法完全不同。"

"我仍然爱你。"

诺芹笑："普通人更有资格写爱情小说。"

"今天有什么话同我说？"

"还要熬多久紧日子？"

"我只知道公务员明年或许会减薪。"

呵，真没想到情况已经这样坏，诺芹瞪大眼睛："本市开埠百余年，从未听过公务员减薪。"

"我的感觉与你一样。"

"可是，你倒不是十分沮丧。"

"我无家庭，又不必负担父母，容易节哀顺变。"

诺芹觉得他带来的礼物更加难能可贵。

"不过，"李中孚说，"心情也大不如前了，有老同学自加拿大回来，也不想应酬，已经多年不见，无话可说。"

"以前我们最好客，无论是谁，都乐于请喝酒请吃饭。"

中孚沉默一会儿："出手虽然阔绰，嘴巴却不饶人，动辄笑人家寒酸。"

"那是不对的吧？"

"当然，各人有各人的生活方式。"

"发生什么事？我们居然开始自我检讨。"

"人心虚怯嘛。"

他们大笑起来，到底年轻，竟也不大烦恼。

第二天一早，她照常到楼下跑步，才转弯，有人叫她："芹芹。"

连李中孚都不会叫她小名，这是谁？

一抬头："啊，姐夫。"

应该是前姐夫高计梁，那高某倒是一表人才，一早已经穿好西装结上领带，像是去赴什么重要的会议一般。

一听诺芹叫他姐夫，他突然鼻梁发酸。

"芹芹，想与你说几句话。"

世上所有姐夫，对小姨子都有特殊感情。

"有什么事吗？"

他欲语还休。

"来，"诺芹说，"我们去喝杯茶。"

她带他到一家新式茶餐厅。

高君的情绪似乎略为好转，他轻轻说："我想回家。"

诺芹一时没听明白，回家？这与她有什么关系。

隔了一会儿，她问："你是指——"

"可否替我探一探庭风的口气。"

诺芹吸进一口气。

太妄想了。

表面上她仍然平和地说："过去的事已经过去了。"

"我非常想念她们母女，我愿意洗心革面，一切从头开始。"

"无论此刻多么伤感，你都得把过去一切放下。"

可是高君十分固执："我觉得我们之间仍有希望。"

诺芹觉得自己的口吻越来越像信箱主持人，苦口婆心："当初，你伤透了她的心。"

"请她多给我一次机会。"

诺芹看着他："你的生意出了纰漏？"

他很坦白："已于上月倒闭。"

"那个女人呢？"

"向我拿了一笔遣散费走了。"

"我看到娱乐版上消息，她招待记者打算复出。"

"芹芹——"

诺芹感慨："外头没有路了，就想到家的好处。"

高计梁低下头："下个月我得搬离招云台，将无家可归。"

"当初怎么会住到一个叫招魂台的地方去。"

"我是真正忏悔。"

岑诺芹突发奇想：不知有多少个迷途的男人因为这个逆市而重返家园，又到底有几个贤妻会接收这一票猥琐善变的男人？

女人真难做。

"芹芹，拜托你。"

高计梁是个超级姐夫，他热情豪爽，对诺芹尤其阔绰，从来不会忘记她的生日，从中秋节到万圣节都送礼物。

但，他是一个不及格的丈夫。

"话我会替你带到。"

"谢谢你。"

"你一点积蓄也没有？"

"全盛时期，四辆车子三个女佣一个司机，每月起码三十多万周转，怎么剩钱？"

活该。

"是太过奢靡了，也想过节省一点，可是开了头，又如何缩水，男人要面子。"

怎么样说，诺芹都觉得她不会原谅这个人。

不知姐姐想法如何，当中，还隔着一个涤涤，这孩子仍然姓高。

诺芹付了茶账。

"芹芹，我手头不便。"

诺芹翻出手袋，把数千现款全数给他。

高计梁忽然笑了："芹芹，我需要多一点。"

诺芹十分慷慨："多少？"

"十万才应付得了今日。"

"我所有积蓄加一起不过三万，现在可以同你去取出应急。"她只愿给这个数目。

"也好。"

真的穷途末路了。

诺芹陪他去取了现款，交到他手里。

诺芹说："我明天给你电话。"

他点点头离去。

这短短的六个月发生了什么事？那样会投机取巧、风调雨顺的一个人竟来向小姨子借几万元周转。

诺芹立刻赶往姐姐处。

涤涤已经上学，用人替诺芹开门，一进门，就听见岑庭风大声叫嚷，一边大力顿足。

"完了，完了。"

诺芹吓一大跳，连忙抢进客厅看一究竟。

只见庭风对着电话讲："我马上过来处理这件事。"

诺芹拉住姐姐："什么事？"

"政府动用储备金托升股票市场。"

诺芹一怔："这是好事呀。"

"你懂什么！"

"你又可以做什么？"

"我去银行结束账户换美元。"

"不至于这样悲观吧。"诺芹动容。

"我对市况一直抱有信心，直至这一刻为止。"

庭风取过外套出门。

"我陪你。"

"我起码要搞几个小时，你会闷。"

"我有话说。"

在车子里，诺芹请教姐姐："这与换美金有什么关系？"

"若托市失败，则联系汇率可能不保。"

啊，连一个主妇都需有如此深远眼光。

"届时挤破银行也没用，记得一元美金兑九元八角的惨事吗？"

"我听说过。"

"那时我也还小，可是大人脸色灰败的情景历历在目。"

"这次可有问题？"

"每个人多多少少都在这次大衰退中蒙受损失，可是，我一向小心翼翼，已将损失降至最低。"

诺芹吁出一口气。

"不过未来三两年，可能要吃老本了。"

诺芹点点头。创作界最喜讽刺人家吃老本无新意，却不知有老本可吃，已经够幸运，绝对是一种功力。

诺芹苦笑："报上天天都是裁员倒闭的消息。"

姐妹俩到达目的地，庭风立刻找到经理，去处理她的财务，诺芹在大堂等侯。

三角钢琴前，有人演奏着慢歌。

曾经一度，银行生意好得了不得，家家出噱头招徕顾客，这下午钢琴演奏也是其中之一。

诺芹走近："你还在这里？"

琴师也很熟络地回答："今天最后一次。"

啊，已被解雇。

"请弹一首《沙里洪巴》。"

小学时在礼堂合唱，老师奏起钢琴：哪里来的骆驼客呀，沙里洪巴嘿唷嘿……

她也有份见证都会成长、繁华，她有义务与社会共荣哀。

这时庭风铁青着面孔出来，诺芹迎上去："姐，我们不要兑美元。"

庭风讶异地说："你傻了？"

一刹那，诺芹又恢复了理智："都结算好了吗？"

"还有一笔定期要熬到年底。"

"只好赌一把了。"

"走吧，找个地方喝杯冰茶。"

天气酷热，不施脂粉的诺芹一下子背脊全湿透。到茶室坐下，才松口气，昨天，空气污染指数是一六二，诺芹知道像温哥华那样的城市，指数是五或九。

庭风看着妹妹："你盯着我大半天，有何目的？可以坦白了。"

"有人托我传话。"

"是吗，我还以为你等钱用。"

"姐姐，那人是高计梁。"

庭风沉默，过一会儿才说："他想怎么样？"

"回到你身边。"

"呵，没有钱了。"

"岑半仙，你猜得不错。"

"我同他已经完结。"

"他说——"

庭风打断妹妹："天气这样热，真担心涤涤的哮喘毛病又要恶化。"

"是。"

庭风再也没有提到高计梁这个人。

晚上，诺芹用电话为电台客串主持节目，她不露脸，可是不介意露声。

听众读者问："丈夫想回头，是否应该原谅他？"

诺芹哼一声，继而大笑："每个个案不同，岂可混为一谈？"

电台主持："请文笔女士分析一下。"

"若是 LKS 那样人才，错完又错，也可维持婚姻关系。若是那种多赚三千块就嫌妻子不够温柔、蠢蠢欲动想换楼换女人的贱男，要回来干什么？"

大家沉默三秒钟。

诺芹加一句："为什么全世界人之中，只有糟糠之妻要牺牲尊严原谅一切呢？"

听众突然发话："文笔女士，你本人做得到吗？"

诺芹不加思索地说："当然！"

"你结过婚吗？"

"未婚。"

"你有亲密男伴吗？"

"我有男友。"

"如果你一早知道他回头，你也不要他，那么，你不算真正爱他。"

诺芹忽然动气："爱里也有尊严，不必像哈巴狗。"

那听众叹口气："许多时，我们心不由己。"

"更多时，有人欲火焚身，一定不肯放手，搞得丑态毕露。"

主持人连忙打圆场："到此为止，我们下一节再谈，先听听音乐。"

"唏，"诺芹说，"哪里有那么多伟大的爱情，通通不过是私心。"

主持人赔笑："是是是。"心里想：这女人到底是谁，庐山真面目如何？

诺芹挂断电话。

元气大伤，如此愚夫愚妇，不知该如何重新教育。

之后，她也静心自我检讨，是，她与李中孚一向十分理智，彼此尊重，从不迷恋。

照说，嫁这样的人最理想，永远舒服顺心，即使有什么不测，也不会太过痛苦。

但是，生活中会不会也欠缺了什么？

友人曾经笑说："如果与他在船上环游世界也不闷，那才是理想对象。"

可是，与李中孚在一起，塞车三十分钟，她就会不耐烦。

诺芹为了那个听众的电话，思考了整个晚上。

第二天一早，打开报纸副刊，她的脑袋轰地一声。

副刊改了版，她没有接过任何通知，她的短篇小说就给配上了漫画插图。

不不不，应该说，她的小说已沦为插图的说明。

岑诺芹并非爱耍意气的人，通常都沉得住气，可是这一次她双手颤抖，脸皮青紫。

倘若罗国珠还在的话，不会发生这种事。

现在才知道罗女士的好处。

她拨电话给伍思本，对方哈一声："你觉得版面如何？"

"我不能接受。"

"诺芹，你的口气如九十岁老太太，除去封你做皇后娘娘，一切都不能接受。像陈秀欢、乔德秋、刘雪梅、张浩天这些老作者，因什么都不能接受，已经知难而退。诺芹，人家已经赚够，不必适应新潮流，你呢？"

诺芹气上加气："我也一样。"

"报馆还需要你，诺芹，不然我干吗花那么多时间帮你更新形象？"

"我真的不能接受。"

"那么，取消短篇吧，我另外找人顶上。诺芹，我知道你入行的时候，编务制度与今日大不相同，我劝你尽量适应新环境。"

伍思本挂上电话。

诺芹不出声，独自坐了很久。

这不比别的工作，行尸走肉亦可，混日子专等出粮，作者每写一个字，都劳心劳力，做得那样不愉快，如何挨得下去。

她决定请辞。

还年轻，无家累，转行都还来得及。

趁着人心浮躁的时候静一静也是好的，总还会有人像岑诺芹一样，不甘心被随意宰割而请辞。

万一班底通通走清，资方亦需担心，也有不良后果。

想清楚了，她摊摊手，长叹数声。

怪不得近二十一世纪了，许多女生还是盼望嫁得好，不必在工作上做出这种痛苦的取舍，那是几生才能修到。

那一整天，诺芹都没有再听电话，她全无心情开口。

打了败仗。

伍思本给她写传真过来。

"你的些微名气得来不易，多少新人削尖头钻营，别叫他们乘机取替你的位子，潘明渝、苏礼信、陈恩美等人虎视眈眈，你一定知道。"

这些，都是真的。

诺芹有点心灰意冷，做这一行，谁不想攀到一线位置，可是越高越是危险，滑坡时人人注目，而且有许多好事之徒，专门在人家失意时大力鼓掌。

新尝试也许是正确路线。

刚入行，一直盼望有一日同前辈一般成为红人，在街上被读者认出来，追着要求签名，并且急急问主角的结局如何……

现在她也写副刊，也有读者认得她，可是不知怎的，她真心认为这一代的凝聚力不能同前辈比，再也不可能找到忠诚追随的读者。

现在的读者见一个爱一个，爱完一个丢一个，根本缺乏与写作人共度一生的心。

作风变得太厉害，破旧容易立新难，原有读者流失，新读者又抓不紧，稍后两头不到岸。

挨过一晚，第二天早上，气渐渐平了。

工作而已，做与不做，均不必动气。

姐姐曾劝："气恼使人老，你气死了也是活该，谁在乎你？《圣经》上说过，切莫含怒至日落。"

已经是第二天了，够了。

电话铃响，诺芹去接。

伍思本说："是我。"

"我还以为是送报纸。"

"一早起来，为了安抚你。"

"对每个作者如此，抑或只有我？"

"你想想，我有那么多时间吗？"

诺芹不出声。

"冯永春请辞，这么久编辑部无一人出声。"

"那是你们无礼鲁莽，贻笑大方。"

"是，过一天算一天，再也没想到以后会道旁相逢。"

"以前老说世纪末如何，看样子，末世光景的确来临。"

"你仍然受欢迎，请把握机会。"

"你看看，四周围都是什么人在写，有何修养、学养？"

伍思本大笑："写专栏需要这些吗？从来没听说过。"

她一点思想包袱也无，这一份工作，同所有工作一样，是赚取生活的工具。

"暂时，我愿接受你的安排。"

"谢谢你。"

她才挂断电话，又有人打进来。

"我们是菁华小学，你是高涤涤家长？"

"我是她阿姨。"

"请你立刻来一趟，高涤涤哮喘发作，驻校看护已经替她用药，或者要送院。"

诺芹吃惊："可有联络她母亲？"

"家里无人。"

"我立刻赶到。"

诺芹连牙都不刷便飞车往菁华小学。

奔到休息室，看见小小高涤涤躺在床上，四肢无力，像个洋娃娃，都八岁了，还那么小，那么可怜。

校方人员过来说："已经叫了救护车。"

高涤涤这时睁开双眼："阿姨。"靠在诺芹身上默默流泪。

诺芹非常悲愤，强忍眼泪，她最怕看见孩子吃苦。

片刻救护车来到，诺芹陪涤涤入院。

医生过来温言安慰："空气质量恶劣，许多儿童都有这种毛病，并无大碍，放心。"

这时，诺芹的手提电话响起，是庭风焦急的声音。

诺芹对姐姐说："你还不来？"

忽然之间，有一名看护转过头来："你的声音好熟，在哪里听过。"

诺芹没好气，不去理她。

那看护说．"对了，昨夜在收音机里……你是那寂寞的心俱乐部主持人。"

诺芹吃一惊，忽然被人认出，不禁心跳。

嘴巴却说："不，你认错人了。"似做贼一般。

"这是你的女儿？她父亲呢，你是单亲？"

诺芹恼怒："喂。"

"你生活也不正常，如何辅导他人？"

"你乱说什么？"

涤涤害怕："阿姨，这是谁？"

那看护这才退出去。

"没事，涤涤，我会保护你。"

涤涤忽然问："我爸爸呢？"

"你想见他？"

"是。"

"我叫他来。"

这时，背后传来一个声音："叫谁来？"

岑庭风赶来了。

涤涤这才镇定下来。

"又不是医生，来了有什么作用？"

这是他们的家事，诺芹不便干涉，只得维持缄默。

"诺芹，麻烦你了。"

诺芹用舌尖舔舔门牙："我尚未刷牙，怪脏的。"

连小涤听了这话都破涕为笑。

"有我在，诺芹，你可以走了。"

"单亲真辛苦。"

庭风却说："我不觉得，涤涤是我瑰宝，生命中阳光均由她而来。"

母女紧紧拥抱。

诺芹忽然觉得空虚，不过，唉，自己都养不活，还生孩子？选择衰退期育儿，好比老寿星找砒霜吃。

诺芹离开医院，在走廊里，先前那个看护却追上来。

"原来你不是病人的母亲。"

"你想怎么样？"

"我有一个问题想请教你。"

"你认错人了。"

"不会，我真认得你的声音。"

诺芹大步离开。

她追上来："丈夫变了心，应该怎么办？"

诺芹没好气："杀死他，吃掉他的肉，骨头埋在后园里。"

对方怯怯地问："有无更好方法？"

"有，请他走，再见珍重，不送不送，然后振作地过生活。"

"谢谢你，谢谢你。"

回到车里，才松一口气。

下午，涤涤偕母亲出院，诺芹即去探访。

"诺芹，我有事同你商量。"

"请讲。"

"我想带涤涤到温哥华生活。"

"别心急，慢慢考虑清楚。"

"一则避开某人，以免夹缠不清；二则会对涤涤健康有益。"

"要动身也没有这么容易吧。"

"已经在进行。"

"你太能干了。"

"连你都那么说。"

"你所有决定，我均鼎力支持，我衷心祝福你们母女。"

"那么，别透露我俩行踪。"

"明白。"

庭风荒凉地笑了："人，是有命运的吧。"

诺芹不语。

"有些女子由丈夫出钱、保姆出力，平日炒炒股票搓搓麻将，二十年后孩子顺利进大学，她即升格为贤妻良母。而我们在社会拼力，招惹多少闲言闲语，一举一动，皆成众矢之的，再用功，也落得一个恶名。"

这真是最难回答的问题。

诺芹只得说："各有各的道路。"

庭风苦笑。

"而且，我坚信每个人对每件事都要付出代价。"

庭风颔首："这是比较时髦的说法，古老一点的讲法是不是不报，时辰未到。"

"你动身时我陪你一起去，帮你安顿下来。"

庭风黯然说："现在才知道小时候就学英语为的是什么。"

"是呀，我们幸运，我们懂英文。"

说说笑笑，庭风心头宽松了，她说："你知道我那画家朋友曹肖颜？"

"不是移了民去温哥华了吗？这下子你可以与她团聚了。"

"她告诉我，一次家长会，有洋妇捐一瓶酒出来抽奖。见到她，叫她买奖券，以为她不谙英文，猛做手势：'香槟，喝，法国好酒。'肖颜不知怎的，竟与洋妇计较起来。她过去一看，以最标准的英国口音回答：'不，女士，你这一瓶不是香槟，只有在法国大小香槟葡萄区出产的汽酒才在法律上可称作香槟，你这瓶酒可以用来焖牛肉。'"

诺芹笑着摇头："何必分辩，人不知而不愠，不亦君子乎。"

"你做得到吗？"

"当然不，我不过那样教人。"

姐妹俩哈哈大笑。

移了民，就是另外一种生活了。

空气再清新，花园再大，医疗教育再完善，丢掉一班老友，灵魂总忐忑不安。

是呀，谁，谁，同谁全都在这里，可是你要见的不是他们。

诺芹说："到了那边，会不会找到新伴侣？"

"为了自己，也为了涤涤，我不会再婚。"

"不用固执，顺其自然。"

"又有什么机会？这个年纪的人都有妻室。"

"也有失婚人士。"

"是，都似我这般，各自拖着孩子，还嫌不够复杂吗？算了。"

"而且，"诺芹说，"你有钱，需要当心。"

"去你的。"

过两日，高计梁又来了，这次，在门口等她。

仍然穿着西装，可是衬衫没有换，有渍，且皱，已经显得褴褛。奇怪，一个人这么快就沦落，尤其是男人，丢掉工作，失去收入，再也无法获得照顾，立刻脏兮兮的。

他们什么都不会，连熨一件衬衫也不知从何入手。

高计梁吁出一口气："她怎么说？"

"你说呢？"

"她拒绝。"

"你料事如神。"

高计梁垂头。

"别再烦她了，你另外想办法吧。"

"我走投无路。"

"输得光光？"

"是。"

"我们帮不了你。"

"你们看着高涤涤的父亲做乞丐？"

来了，一定是这个三部曲：先是趾高气扬，老子爱怎样就怎样，翻脸不认人，另结新欢；然后，环境不如前，又思回头，苦苦哀求，子女当盾牌。

"设法从头再起嘛。"

"现在我在中下区租了一间六百尺的公寓。"

"人分中下，地区无所谓。"

"谢谢你的鼓励。"

"希望你放岑庭风一马，帮不到她，也不要累她。一段短短两年八个月的错误婚姻，她已几乎赔上一生。"

高计梁不出声。

"往后她假使略过些太平日子，也是应该的，不要去破坏她。"

高计梁不过是普通人，却不是坏人。

"说到底，她没有生过你，你也没有生过她，两个人关系早已中止。"

他开口："诺芹，你可以做辅导主任。"

诺芹忽然接上去："或是信箱主持人。"

"口才了得。"

"你许久没去探访女儿了。"

"哪里有心情。"

"又不是去赌场或夜总会。"

"无话可说。"

他张开嘴，诺芹这才发觉高计梁右边那颗犬齿崩了一角。

换了从前，一定连忙放下手头一切会议，立刻叫秘书打电话到银行区约最好的牙医修补，顺便洗一洗，第二天整副牙雪白见客。

今日不比从前。

越看越难过，诺芹别转了头。

再说几句，诺芹推说有约会，向他道别。

溜回家中，她松一口气。

噫，好似有两天没听到伍思本的电话，是什么道理？

老实说，她听到这种新派编辑的声音头会痛，多半有野心，无才能，不找她，只有更好。

电话终于来了。

是一本妇女杂志的主编："诺芹，帮我们写一篇访问可好？"

"我一向不写散稿，你是知道的。"

"公司裁员，助手已经撤职，实在忙不过来。"

"访问谁？"

"名流太太黄陆翠婵，三个月前订好的约会，不好意思推。"

诺芹倒抽一口冷气："老兄，你住在哪个荒山野岭，黄日财夫妇前日才上了新闻头条，二人齐齐受商业罪案调查科拘留，还访问她？"

"啊？"

"唉。"诺芹挂上电话。

每天都有这种新闻。

她到游客区去散心，发觉路边多了大堆小贩摊。

噫，任何都市一穷，小贩必多，你看孟买及马尼拉就知道了，什么都卖！故衣、食物、土产……摆满一条街。

诺芹发觉本市最大百货公司门旁有人摆卖十元三条的人造丝内裤，年轻男性摊主很幽默，把货品结在绳上，嫣红姹紫像万国旗。

这个都会，沦落得比高计梁还快。

岑诺芹目瞪口呆。

她匆匆回家，找李中孚诉苦。

很明显与中孚的关系拉近许多，过些日子，姐姐移民，更加需倚赖他。

中孚劝慰她："别担心，否极泰来，盛极必衰。"

"几时？"

"下世纪初，一两年后。"

"到时不灵，拆你招牌。"

"诺芹，我们去跳舞。"

"什么？"

"反正天塌了，你我又挡不住。"

不如寻欢作乐。

英国有许多跳茶舞的地方，一边吃丰富的下午茶，一边跳华尔兹，多数是老先生老太太在散心，但也有年轻人，跳舞厅装修豪华，可惜有点陈旧，诺芹就是喜欢那种夕阳无限好，只是近黄昏的感觉。

"到什么地方去跳舞？"

李中孚把她带到一家酒馆。为了在生意欠佳的时候招徕顾客，他们开亮了灯，做茶舞生意，但是仍然只有一两台客人，赔上四人乐队，恐怕要蚀本。

乐队很年轻，是一组室乐团，用古典弦乐，弹得热情洋溢。一听就知道是音乐学院学生，出来找个外快帮补学费。

诺芹很高兴，上前与他们攀谈。

互相交换了身份，大家都很吃惊。

"什么，你是写作人？晚上可要兼职做女侍？"

诺芹笑："不，做清洁女工。"

拉大提琴的说："这两把小提琴来自茱丽亚音乐学校。"

诺芹啊地一声，这样的天才不过在酒吧间娱乐茶舞时间做文艺工作，有什么前途？她骇笑，拍胸口压惊。

他们奏起一首情歌。

"这是什么老歌？如此悦耳。"

"《贝萨曼莫曹》。"

"什么意思？"

"西班牙文'多多吻我'的意思。"

诺芹怔住，大为赞叹："李中孚，真没想到你如此博学。"

李中孚啼笑皆非。

他俩在舞池中旋转。

"你得好好发掘我隐藏的才华，我还是接吻好手呢。"

诺芹感慨万千，是的，穷了，也只得像少年男女那样，躲在家中拿温存当节目。

今时今日，也许最受欢迎的是接吻好手。

白色的游艇、红色的跑车，全部还给银行，除去接吻，还有什么可做？

对了，还可以写信到寂寞的心俱乐部消遣。

他俩尽兴而返。

# 寂寞的心俱乐部

## 叁·

「我觉得一生最好的日子永远是现在。」

「我很欣赏这种乐观。」

「人要珍惜目前，兼向前看。」

第二天，诺芹拨电话到宇宙出版社找伍思本。

接线生迟疑片刻："伍思本已经不做了。"

"什么？"

对方没有再搭腔。

这一意外可真不小："现在谁坐她的位置？"

"关朝钦先生。"

"好好！谢谢你。"她挂上电话。

岑诺芹发呆。

入行五年，从来没有听过这个姓关的人，到底是何方神圣？

为什么这个素来太平、只不过略为虚伪的行业到了今日，变成这样刺激？

伍思本离职为什么一点交代也没有？哧的一声，好比遇热的水点，一下子化为蒸汽消失在空气中。

诺芹百思不得其解。

是突然拂袖而去的吧？无丝毫先兆，做得那样神采奕奕，兴致勃勃，什么都要改改改，变变变，旧的全部打掉，照她的蓝图重新建立新宇宙，顺我者昌，逆我者亡，身后跟着一帮自己人，兴奋得紫酱脸皮，以为已教日月换了新天，这下子可轮到他们威武了。

可是数个月之后，忽然下台。

又轮到另一批人上，这次这个，叫关朝钦，真是兵荒马乱的时代，不知伍思本去了何处。

要记住这一帮人的名字，真不容易。

电话铃响了。

"是岑小姐？我是关朝钦，宇宙负责人。"

噫，声音更加嚣张。

"你好，久闻大名，如雷贯耳。"

不知怎的，关某非常受用，那样虚伪的陈腔滥调竟能使这人舒服，其人之肤浅，可知一二。

"岑小姐，我们决定保留你两个专栏。"

"谢谢，谢谢。"

奇怪，无比谦卑，岑诺芹却做得非常自在，唉，生活逼人。

"俱乐部信箱非常受欢迎。"

"托赖，托赖。"

"漫画小说收视率也不错。"

收视率？这人可能来自电视台。

"请继续交稿。"

"是是是。"

"我喜欢保留有功的旧人。改革的意思是拿更好的来代替不好的，并非拿我喜欢的来代替我不喜欢的，伍思本上任以来，丢掉不少原有的东西，改了又改，可是销路江河日下，公司赔本，你说改得对吗？"

岑诺芹噤若寒蝉。

怎么搞的，竟像听训话似的。

"大家明白了就好。"

"是是是。"

"开会时，我会叫立虹通知你。"

诺芹意外，林立虹还在？这女孩子倒厉害，真人不露相呢。

她唯唯诺诺，挂上电话。

咄，换了一年前，早就一走了之，宇宙不做去银河，要不然到金星，有什么大不了。

今天，多一事不如少一事。

大家都气馁了。

诺芹咳嗽两声。

她打开读者来信：

"文笔小姐：请问，你与文思是否好朋友，你们答读者之前，是否一起开会？"

是，还写报告呢。

另外一封："我结婚已经八年，以为生活就是如此，刻板、呆滞，上一代的人一直夸张平凡是福，我也愿意相信。直至遇见了一个人，我们发展得很快，他吻我的时候，我全身痉挛，这是我多年来第一次与其他异性有肌肤之亲，我想问你：我应该离开丈夫去享受这种爱与被爱的感觉吗？"读者文笔奇佳，直逼艳情小说作者，甚至更好。

诺芹很感动。

她立刻答："有孩子吗？如果没有，还等什么呢？立刻开门走出去，即使只能维持一年半载，在所不计。"

答案一出，信箱另一半主持人破口大骂。

文思这样斥责："专门有一种伤风败德之人，教人离婚，教人淫奔，像世上除去肉欲之欢外，并无其他意义，并且把爱收窄到生理器官之内……"

诺芹只得扔下报纸。

那老女人恨她是因为她更受欢迎。

而且，她有男朋友。

她去电林立虹，问："文思到底是谁？"

那女孩笑："三分钟前人家也刚问你是谁。"

"我请你吃饭。"

"文思还答应送我南洋珠耳环呢。"

"你可有答允？"

"当然不。我不会揭穿任何一方身份。时时有愤怒的读

者要把佚名作者揪出公审，难道都举手投降不成？我们需

维护言论自由。"

失敬失敬，诺芹更加不敢小觑这位林立虹小姐。

"作者互骂，你不觉得有辱报格？"

"唏，这叫笔战，读者最感兴奋。"

最好滚在地上厮打，扯衣裳拉头发。

诺芹赌气："真不知你想吸引些什么读者。"

"所有读者，他们是我们的米饭班主。"

口气似顽强战士。

没有年纪差距也有代沟。

"岑诺芹，继续努力。"她喊出口号后挂断电话。

诺芹颓然。

这个时候，门铃忽然响了。

诺芹去开门。

"咦，庭风，你怎么来了？"

"有要紧事。"

姐姐一进来，四处观望："哗，似狗窝。"

扔下最新款的名贵手袋，点起一支烟。

诺芹立刻把她手中的烟拿掉:"此处严禁吸烟。"

庭风叉着腰,板起脸:"最近,你在写些什么?"

诺芹十分心虚:"你怎么管起这些芝麻绿豆的事来?外头局势那么紧张,听说明年政府可能要换班子,你消息灵通,说来听听。"

庭风自手袋里取出好几本小书,问妹妹:"这些,都是你写的?"

咦,究竟是怎么一回事?

一大沓花花绿绿的小书,分别叫《欢乐之源》《玉女私记》《风流女学生》……

庭风声音变得十分生硬:"听说,都是你的大作。"

诺芹大惊:"冤枉呀。"

"你看,笔名叫勤乐沁,这不是岑诺芹调转过来读吗?还说不是你?"

诺芹喊救命:"我怎么会写艳情小说?我连普通小说都没写好。"

庭风冷笑一声:"难得你这样谦虚,可是外头传得十分炽热,都说是岑诺芹小姐新尝试新作风,看样子你得登报澄清。"

诺芹忽然冷静下来："的确不是我。"

"我相信你。"

"是又怎样，人总得生活。"

"生活还不至于那样艰难。"

"一不能赊，二不能借，不是人人像你那般能干，大把囤积。"

"不需要连皮带肉赠送读者吧？"

"外边情况已经十分凄惨，一到这种情形，电影与小说中黄色素大增。"

"不是你就好，你在专栏里澄清一下。"

"姐，各行有各行规矩，我不会教你做生意，你也莫教我写专栏。"

庭风走了。

她没有把那些小书带走。

诺芹拾起一本翻阅，意料之中，写得并不好，每隔三页，便生硬地加插一些经典场面，像是另一人所写，与前后不甚吻合。

销路可好？诺芹茫然无绪。一定有赚吧，奸商们才乐于尝试。

她打开报纸，发现有编辑在编后语中发出下述凄厉呼声："与报纸共度艰难！与报业共存亡，与本市共兴衰！"

本来精神紧绷的诺芹不禁笑出来。

唉，还有什么话可讲，都被人家的伶牙俐齿说尽了。

她打开读者来信。

"文思与文笔两位女士：我有一个独生女儿，今年二十三岁，大学毕业后结婚，生活幸福。她最近怀孕，因打算在生育后继续工作，想我帮她育儿，我对这个建议求之不得，可是，亲家会否怪我独霸孙儿？我没想过与亲家分享弄孙之乐，是否自私？"

那么可爱的怀疑，诺芹大笑起来。

"自私的外婆：你大可放心，抚养婴儿这等苦差，大抵不会有人与你争个不休。至于女婿的父母，假日让他们与孙儿共度欢乐时光，已经足够。是你女儿生育的子女，你当然占大份，不必惭愧，祝婆孙永远彼此爱惜。"

真难得还有那样的外婆。

不料文思又来挑衅。

"文笔：我接到另一位太太来信，她正是你那可爱的外婆的亲家。原来这个外婆自恃身家丰厚，雇用两个保姆，决定将别人的孙儿霸占，现在连女婿亦住在她家，你说成何体统？"

这时，读者纷纷加入战围：有人骂媳妇，有人斥责公婆，所有家庭里不如意的纷争都拿出来报上公开，盛况一时空前。

信箱这样成功，诺芹忽然想念伍思本。

她到什么地方去了，不知可有高就？

在这个时候失业，哪里还找得到更好的工作？听说在楼价顶峰的时候，她买进一层很大的公寓，分明打算大展宏图……

一下子打沉，日子不晓得怎么过？不知有无后悔当初做得太大，可惜已完全失去联络。

李中孚拨电话来："诺芹，到我家来吃饭。"

"不，谢谢。"

"家里舒服，有野菜好酒。"

"我怕见伯母。"

"没有伯母，我做你吃。"

"真的，令堂去了什么地方？"

"到多伦多探亲已有多月，乐不思蜀。"

"加国也不景气呀，加币跌至立国一百四十年来最低位。"

"也许人家迟钝，不见他们发愁，照样种花钓鱼泛舟。"

"是否我们太敏感？"

"不，我们赌得太大。"

诺芹叹气："我们环境不一样，人家资源丰富，自给自足，肉类谷物鱼类林木，什么都有，最多不买法国香水、美国时装，就可以熬过去。"

"还有，"李中孚接上去，"从来没有繁华过，也不觉什么损失。"

"所以，爬得高，跌得重。"

"你来不来？"

"不如出去吃，还撑市面，反正你是公务员，不受影响。"

"一天到晚听你们这种充满忌妒的语气，已经胃生瘤。"

"会吗？"

"有机会。"

他们到一家很出名的中菜馆吃晚饭。

奇怪，招待好得不得了。

李中孚说："咦，居然有餐牌看了。"

诺芹吃惊："从前没有的吗？"

"从前，部长给什么吃什么，吃完付账，并无异议。"

诺芹骇笑。

他们选了几样清淡小菜。

一直到走，只有三桌客人。

中孚说："连日本人都不来了。"

诺芹答："新元也跌得很厉害。"

中孚揶揄："你怎么知道世事？"

"我在那边有稿费可收。"

"原来如此。"

"昨夜看国际财经消息：东南亚经济不景气，影响可乐销路，故此股价大跌，竟连汽水都不喝了，可知是窘迫了。"

"东洋人嘲笑我们的华丽海景只值从前一半。"

"亏他们赤着脚，还有心情笑别人衣不称身。"

中孚搔搔头："忽然之间看清楚许多嘴脸。"

"这是最痛苦的收获。"

"会不会有移民幸灾乐祸？"

"不会啦，息息相关。举个例：加拿大某省二十年老木厂都裁员关门，不再输往东南亚了。从前一天三个货柜，现在三个星期只有一个货柜，有什么好幸灾乐祸，唇亡齿寒才真。"

大家一起叹口气，随即又笑起来。

这样聊一辈子也好呀。

有位母亲这样忠告女儿："嫁给你最好的朋友，他会照顾你，他也了解你。"

李中孚的确是岑诺芹最好的朋友。

诺芹说："我们到庭风家去喝咖啡。"

中孚很客气："不方便打扰她。"

诺芹却立刻拨了电话，半响，女佣来接。

"她在睡觉。"

"不舒服吗？"诺芹有点担心。

"也许是累，下午睡到现在。"

"涤涤呢？"

"做完功课在看卡通。"

"乖吗？"

女佣笑："她一向都乖。"

挂了电话，诺芹感慨："老了，竟要睡午觉。"

中孚忽然觉得女友可爱无比，忍不住轻吻她的手。

诺芹却有点不安，看看手表，已经九点半。

她说："来，我们到庭风家去一趟。"

"为什么？"

"我觉得不安。"

"啊，"中孚笑，"不可轻视女子的第六感。"

这个时候，诺芹已经沉默。

赶到庭风处，女佣已经休息，十分不愿地来开门。

诺芹问："涤涤呢？"

"她已熟睡，明日一早要上学。"

诺芹再问："你有没有去看过小姐？"

"我不敢进房。"

房门锁着，诺芹敲一会儿，无人应。

这时，连中孚都觉得不妥。

女佣找来门钥匙，诺芹开了门进去。

寝室内开着小小水晶台灯，诺芹略为放心。

"姐，姐。"

庭风没有应她，诺芹大力掌掴她的脸，庭风毫无动静。

李中孚走近，只见庭风面如黄蜡，四肢无力地躺在床上，嘴边有呕吐痕迹。

中孚大惊："召救护车。"

"不，我同你送她进私家医院，免邻居多话。"

诺芹出乎意料地镇定，李中孚不禁暗暗佩服。

她替姐姐披上外套，叫男朋友："背起她，抓紧她双臂。"

女佣吓得手忙脚乱。

诺芹低声嘱咐她："你明早照常送涤涤上学，今晚的事不可告诉她。"

"是，是。"

两个人匆匆出门。

不，是三个人才真，岑庭风一点知觉也没有，像一袋旧衣物般搭在李中孚背上。

奇怪，中孚想，一点也不重。

百忙中他想起哲学家曾经问：人的灵魂有多重？难道岑庭风的魂魄已经离开了她的身躯，这么说来，灵魂重量不轻。

诺芹飞车往私家医院，连冲好几个红灯，迅速抵达目的地。

救护人员立刻出来接手诊治。

诺芹虚脱，坐在候诊室内。

她一头一额都是汗，衬衫贴着背脊，中孚可以清晰看到她内衣的影子，在这危急关头，他发觉她不可抗拒地性感。

她斟一杯清水给他。

二人无言。

片刻，医生出来说："病人无恙。"

诺芹放下了心。

"休息三两天即可出院。"

医生一句废话也没有，只管救人，不理私事。

"我进去看她。"

庭风躺在病床上，紧闭双目，不知怎的，表情像是微微笑。

诺芹一阵心酸。

看护说："明早再来吧。"

中孚拉一拉诺芹："该走了。"

诺芹诉苦："我腿软，走不了。"

"我背你。"

他背起她，往停车场走去，惹得途人侧目。

"可重？"

"像死猪。"

"谢谢你。"

到了家，诺芹先喝半杯白兰地，然后去淋浴洗头。

自浴室出来，发觉男朋友在看她的旧照片簿。

他说："小时候像番薯。"

"今夜怎么了？样样看不顺眼。"

李中孚忽然问："你姐姐一向有吃药的习惯？"

诺芹答："单亲，压力大，整个担子在她肩上。睡不着，多吃几粒药，加半杯酒，便昏迷过去，她不会故意轻生。"

"这种事，以前也发生过？"

"一次。"诺芹不得不承认。

"试得多，总有一次会出事。"

诺芹不出声。

"有志者事竟成。"

"谢谢你。"

"忠言逆耳。"

"我是衷心感激，今晚多亏你。"

他吁出一口气："家里有个男丁总好些。"

"是，现在我才知道，姐妹俩有多么孤苦。"

"来，把你的身世告诉我。"

"现在，可真有大把时间了。"

第二天清早，诺芹去看姐姐。

庭风挣扎着问："涤涤——"

"别担心，一会儿我去打点她上学。"

庭风松口气。

"真的爱女儿呢，还是注意身体的好，不然，怎么照顾她上大学呢？"

　　庭风不语。

　　"病得像蓬头鬼了，未老先衰。"

　　庭风这才说："真要戒酒戒药了。"

　　诺芹过去握住姐姐的手："究竟是怎么一回事？"

　　庭风呆半晌，轻轻答："三十岁了，有点感触。"

　　诺芹不出声，这是现成的一篇小说名字。

　　过一会儿她说："平日那么有办法的一个女人……"

　　庭风苦笑，一边搓着面孔："双颊痛得不得了，好像挨了打似的。"

　　诺芹不敢说是她大力摑打过姐姐。

　　她借故看看表："我去照顾涤涤……"

　　"拜托你了。"

　　"还说这种话。"

　　诺芹赶到，女佣松口气。

　　"没有事，你放心，一切如常，只当她出门几天。"

　　女佣不住地应是是是。

　　诺芹亲自替涤涤梳洗。

真没想到一个小孩出门也那么费劲，同大人一样，全副武装，校服熨得笔挺，鞋袜整齐。

还有那大大的书包，要是全部内容都消化得了，简直是国际状元。

诺芹替她背起书包，重得肩膀一沉。

涤涤笑了。

司机在楼下等。在这都会居住，而不必挤公共交通工具，几生修到？真是特权分子，岑庭风算得上能干。

涤涤靠在阿姨身上。

诺芹利用车上时间与她背默英文单词。

涤涤忽然问："阿姨，你几时结婚？"

"啊，还有很长很长的一段日子。"

涤涤点担心："妈妈说，你有了自己的家，自己的孩子，就没有空照顾我们了。"

"你妈妈太小看我了，我永远是你的阿姨。"

她送涤涤进学校。

回到家里，与李中孚通过电话，她坐下来，开始写新的小说。

三十岁了，有点感触。

这个关头最难过，因为正式步入新中年阶段，所有成绩都抵挡不住那种人将老的恐惧。

许多人因无法接受这个事实，只得扮年轻，永远做二十六七八岁状。

诺芹已抱定宗旨她不会那样逃避。

她立志要成为城内唯一不隐瞒年龄的写作人。

她把小说首段传真出去，刚想去看庭风，编辑部电话来了。

"岑小姐，我是关朝钦。"

"有何贵干？"

"收到你的新小说。"

是要称赞她写得好吗？语气不像。

"岑小姐，你想到什么就写什么，给编辑部一个好大难题。"

岑诺芹沉着地问："什么事？"

"三十岁了，有点惆怅，这不是年轻读者爱看的题材。"

诺芹一愣："读者中没有三十岁以上的人？你几岁？"

"我不是读者，我是编辑。"

"依你高见，应该怎么办？"

"岑小姐，以后打算写什么，先到编辑室开会，同事无异议，再动笔可好？"

诺芹笑了："编辑部的权力有这样大吗？"

"这是我的编辑部。"

关朝钦态度无比嚣张。

岑诺芹忍不住教训他："但这不是你的报馆，不是你的世界，你弄权干涉创作自由，害得数十支笔一言化，我不赞成，我请辞，你不必伤脑筋了。"

她放下电话，取过外套出门去。

一路上心境平静，只觉得自己讲多了话。各人都有一套办事方法，无法合作，立即知难而退，教训人家做什么。

他又不是十八、二十二岁，他甚至不是二十八、三十二岁，混到今日，一定也有他的道理。如有不妥，社会自然会淘汰他，何用岑诺芹替天行道。

到达医院，庭风正在办理出院手续。

庭风看着她。

"脸色比我还要难看。"

"忘记搽粉。"

"还记得不用化妆的岁月吗？"

诺芹笑："像涤涤那样大。"

庭风惆怅："父亲刚去世，生活也不好过。"

诺芹答："我才不会留恋那段日子。"

"也难怪你，自幼失去父母，当然只盼自己速速长大。"

诺芹说："我觉得一生最好的日子永远是现在。"

"我很欣赏这种乐观。"

"人要珍惜目前，兼向前看。"

庭风忽然问："李中孚有否求婚？"

诺芹答："中孚像不像一个白面包？乏味，但吃得饱；弃之，则可惜。"

庭风说："太刻薄了。"

姐妹俩上车。

诺芹说："让我想想白面包可用来做什么？"

"我喜欢蒜茸面包，配洋葱汤，一流。"

"牛油面包布丁。"

"不，咸牛肉三明治。"

"鸡蛋法式多士[1]。"

"哗，不简单。"

庭风笑："看，白面包落在厨房高手，也可以多彩多姿。"

"好，就看我的烹饪功夫吧。"

她们笑半晌，诺芹忽然问："你没有事了吧。"

庭风答："请放心。"

诺芹说："我们都寂寞。"

"对了，前些时候，你不是说要写一个专栏叫寂寞的心吗？"

诺芹顾左右："此刻我的胃最寂寞，想吃法式蜗牛。"

把姐姐送回家，她一个人跑到最好的法国餐厅去。

一连叫了三客时鲜：煎蚝、蒸淡菜，以及烤蜗牛。

侍者客气地问："小姐，你是来试菜的吗？"

她摇头。

"配什么酒？"

---

[1] 多士：toast，吐司。

"给我一客香草冰激凌苏打。"

她吃得很香甜，一边考虑自己的出路。

索性跟姐姐学做生意，也是好办法，要不，找一份教书职位。

诺芹身后坐着两个衣着豪华夸张的艳女，年纪与她差不多，正在聊天，声音不大，可是诺芹耳尖，每句都听得清楚。

"最近陈伯伯收入如何？"

另一人笑："他有的是办法。"

索性叫户头为阿伯，倒也诚实，娱乐性甚佳。

"是吗？"另一个不信，"还有什么妙计？"

"咄，股票每天仍然上落二百余点，看得准，还不是同从前一样。"

"呵，陈伯伯真能干。"

"你那周叔公呢？"

诺芹忍不住微微笑，精彩、幽默，真没想到这一代在户头身上找生活的年轻女性，持这种态度做人。

话题变了。

"你有没有看到黄简慧芳将拍卖的珠宝？一大串一大串，毫无美感，好丑。"

"连超级暴发户都要急售资产套现，可知窘迫。"

"她说她不等钱用。"

"有一个老掉牙的说法，叫此地无银三百两。"

"当初不买，今日就不必卖。"

"就算卖，也不用在这种时候卖，还有，根本不必现身号召喊卖。"

"唉，好比黄粱一梦。"

诺芹肃然起敬，呵，街头智慧胜读十年书。

她微微侧一侧面孔，看到那两个女子。

有二十七八岁了，眼神略带沧桑，看起来已经在这可怕的公海打滚十多年，可以上岸了，但是见还有点渣可捞，不舍得放弃，故采取半退休状态，不过已不必湿脚。

都会繁华了二十年，发了这一票无名女，锦衣美食，若有经济头脑，大可在三十岁之前上岸晒太阳。

不过，也有无数人沉沦溺毙，成为冤魂，永不超生。

诺芹吁出一口气。

她吃饱了，付账站起来。转过身子，那两个女郎已经离去，座位空着，玻璃杯上有紫褐色的唇印，证明适才她俩的确坐在那里，不是黄粱一梦。

没有喝酒，脚步也有点踉跄。

她驾车回家。

数百万人都没有想到会有这一天。

有电话在等她，是林立虹的声音："编辑部的原则是，有人请辞，决不挽留。"

诺芹笑笑，自言自语："我不会幼稚得用以退为进这种陈年手法。"

"编辑部——"

诺芹关掉电话录音机。

电话铃又响。

"岑诺芹，我是林立虹。"

诺芹诧异："你升了级？"

"一样是助手。"

"太卖力了。"

林立虹并不介意作者的揶揄："应该的。"

"不觉大材小用？"

林立虹笑："凡事有个开始。"

这位小姐不简单。

"有什么事？"

"情绪好一点没有？"

"多谢关心，完全没事了。"

"关朝钦也是一片好心。从前老一辈的编辑也有更繁复指引的，可是作者心服口服，视为金科玉律；新一代编辑却没有这种福分，你们多少有点看不起我们。"

"他有他的手足兄弟，提拔那一班人好了。

"文笔小姐——"

"我叫岑诺芹。"

"等你的稿件呢。"

"是否只我一个人爱闹情绪？"

林立虹但笑不语。

"抑或，人人需要安慰？"

"没有个性，如何成为作家？有个性，当然要耍个性。"

诺芹大笑，警戒之心大减："林立虹你真有趣。"

"还不是跟你们学的。"

"这份工作就是这点可爱，可以接触特别的聪明人。"

"那么，请继续交稿吧，不然，谁睬你。"

诺芹坐下来，拆阅读者信。

"文笔小姐：我是网页专家，帮你的信箱搞一个专页可好？你可以与读者直接对答。"

诺芹摇摇头，登堂入室，如何是好，她相信作者要与读者维持适当距离。

另一封信："文笔小姐：我在游客区有一家茶室，近日生意欠佳，想与你合作，打算一边卖书，另一边卖咖啡，并请你定期出现与读者签名、聊天，交换意见，你看怎么样？你可以加入股份……"

诺芹骇笑。

哗，长驻候教，陪茶陪讲陪笑，这不成了三陪小姐，要不要买钟上街？太异想天开了，这叫作闭门家中坐，侮辱天上来。

今天竟找不到一封可以回答的信。

换了是那牛皮蛇文思，一定甜言蜜语、虚情假意地回答："哎呀，你们的建议太好了，我就没有想过可以这样与读者亲近，彼此成为好朋友，我会同出版社商量。"

届时，她可以教读者如何减肥、除斑、治癌、驱鬼、转运。

多好。

第三封信十分可怕："我今年十六岁，爱上父亲的朋友，受到家长阻挠，非常痛苦，在新闻中看到台湾有遭遇类同的少女跳楼殉情，觉得是一种解脱。"

信尾附着电话和地址。

诺芹一时情急，忘记她自己的戒条：保持距离。

电话拨通，是一个女孩子来接电话。

"我是寂寞的心信箱主持人文笔，我想找写信给我的黎宝莲。"

"我就是黎宝莲，哈哈哈哈，没想到你真的会打电话来，谢谢你，我赢了这个赌注。喂，宝琼，听见没有，我赢了。"

诺芹气结。

她涨红面孔，啪一声摔下电话。

后患无穷，如果对方有来电显示器装置，不难知道她家中电话号码。

太冲动了。

可恨那些歹徒总是利用人的同情心设陷阱。

诺芹沉着气，看有无异样，还好，不幸中大幸，对方没有打电话来继续骚扰。

但是诺芹的胃口已经倒足，再也不想动笔。

她倒在沙发上，用一只坐垫遮着双眼，盹着了。

心绪乱，不能完全安静下来。

忽然看见一美貌少妇朝她走来，一边点头一边微笑："工作上遭到困境了？"

"你怎么知道？"

"看你的五官都皱在一起。"

"咦，你是谁？"

关怀之情，温柔的语气，都叫诺芹极为感动。

少妇不回答。

电光火石间，诺芹明白了："妈妈，你是妈妈。"

她落下泪来。

"妈妈，妈妈。"

诺芹惊醒。

空气有点凉意，总算挨过了这个苦夏，接踵而来的，希望不是多事之秋。

姐姐找她。

"没有事就过来吃饭。"

诺芹轻轻说："庭风，我做梦看见妈妈。"

庭风不出声。

见到了姐姐，发觉她正在看温哥华地产资料。

奇是奇在外国人的地方，却用中文刊登广告，大字标题："欢迎还价""劲减""考虑任何还价""请大胆还价"，还有一家"狂减一百万"，看情形已受亚洲经济衰退拖累。

诺芹一看，哗，全是建筑文摘里示范的那种华厦，主卧室可以踢足球，泳池边墙壁有手绘风景，美轮美奂。

诺芹说："你买了，我跟过去也享享福。"

"看这一处。"

诺芹一看地址："豪湾，太远了。"

可是房子对着太平洋，宁静得出尘。全屋雪白装修，衬着瑰丽彩色晚霞，令诺芹内心向往。

住在那种地方，也许可以与母亲对话，也许。

庭风问："怎么样？"

诺芹轻轻吟道："少无适俗韵，性本爱丘山。误落尘网中，一去三十年。"

庭风叹口气："你没有那么久，我则刚刚好。"

"姐，你有那么多钱吗？"

"不需要很多。"她微笑。

诺芹佩服："你真有办法。"

"最有本事的人，不是拿到好牌的人，而是知道几时离开牌桌的人。"

听过不知多少次，可是，很难有人做得到。

图片中大宅火炉上有一张横联。"咦，好似是中文。"看仔细了，原来那几个字是"月是故乡明"。

哎呀，屋主是华裔。

住在那样漂亮的房子里，天天都是良辰美景，家具装修，西化得看不出一丝华人味道，但，仍然想家，仍然感慨月是故乡明。

永远离了乡背了井，表面上是习惯了融入了，但是内心至深处，却辗转不安。

诺芹愿意认识这个屋主。

"你在想什么？"

"呵，住那里，涤涤读书不方便。"

庭风说："我就是不想住在闹区。"

"有比较折中的地方吧。"

"得亲自过去一次。"

诺芹点点头。

"你也一起来。"

"不，我留卜照顾涤涤。"

"将来，你会陪我们吧，二女共事一屋如何？"

诺芹笑了。

她陪涤涤说了一阵子话。

涤涤忽然问："外婆几时去世？"

"很久之前。"

"你很伤心吧。"

"生我的人已经不在，身体某部分也跟着她逝去，以后，再大的快乐也打了折扣，非常无奈。"

孩子却听懂了，沉默片刻："阿姨，我们谈别的。"

# 寂寞的心俱乐部

## 肆.

钱的确很重要，
可是生活中应该还有其他。

晚上，林立虹找她。

"星期六，关朝钦请吃饭，联络编者与作者感情。"

"我没空。"

"岑小姐——"林立虹拖长了声音。

"是家母忌日，我不方便饮宴。"

"你以前最喜欢出来，大家吹牛猜拳喝红酒，不知多高兴。"

诺芹接上去："然后互相比较猜忌讽刺，多虚伪无聊。"

"可是，总得联络一下感情。"

"那文思会去吗？"

"会，你可以猜一猜，席中到底谁是她，最佳余庆节目。"

诺芹没好气："对不起，我没空。"

"这样臭硬脾气——"

"应该挨饿可是？"

"天无眼，你也居然名成利就，于是更加无比骄矜。"

这是他人眼中的岑诺芹吗？

"淡市中你的名字算得牢靠了，佩服佩服。"

全靠一个信箱，真不知是悲是喜。

读者来信："已经结婚三年，忽然在路旁与旧情人重逢，不能压抑心底的渴望，很明显，他也有同感，我们希望复合，可是，双方都有家庭，他第二个孩子刚出生，我们非常彷徨，请给我们忠告。"

诺芹叹口气，自有信箱以来，数十年间读者的信都好似没有进步过。

她这样回答："双方都有家庭孩子，实在需要顾全大局，自我控制。忠告是忘记过去，努力将来，请虚伪一点，维持目前与配偶的关系。"以为这样标准的答案应当得奖，可是不，又遭到文思的毒骂。

"冷血、胡闹、不知所云，毫无心肝的所谓忠告！"

这个义思似乎已经决定要把快乐建筑在文笔的痛苦上，无论文笔写什么，文思都要破口大骂。

诺芹忍无可忍，同编辑部说："我要与此人拆伙。"

"你不服，可以回骂。"

"不幸我多读几年书。"

"我忘记告诉你，文思有博士学位。"

"我仍然看不起她。"

"诺芹，唯一比同你与看不起的人做朋友更差的事，就是与他结怨。"

"我决定拆伙，请为我另外找一个搭档。"

"诺芹你听我说——"

"别多讲了。"

林立虹沉吟："我们开过会再说。"

那样喜欢开会，人人有商有量，可是销路却江河日下，真是讽刺。

文思是那种诺芹见了想狠狠搧她一掌，直至她鼻孔流血的人。

仇深似海。

这人穿钉鞋狂踩岑诺芹，要把她五年多来建立的声誉拆塌为止，假公济私，好不毒辣。

到底是谁？

朱湘才、曹恒科、黄碧玉？一下子想起那么多名字，由此可知岑诺芹的敌人还真不少。

傍晚，电话来了。

"诺芹，我同你去探访一个人，若她肯出山与你对答，共同主持俱乐部信箱，则可踢掉文思。"

"谁？"

"龙言征。"

"哦，是前辈。"

林立虹笑："千万不要叫人前辈，见了她，称龙小姐即可。"

"此人言论会不会落伍？"

林立虹不怀好意："你先进不就得了，强烈对比，不知多有趣。"

"人家会不会上当？"

"已经答应见我们。"

"真可惜，上了岸的人又来蹚浑水。"

"不甘寂寞吧。"

由不甘寂寞的人来主持寂寞的心信箱。

"礼拜六下午到她家去。"

"住什么地方，离岛？"

"别小觑前辈，人家赚钱的时候，美金才兑五元，她住山上。"

失敬失敬，看样子并非又一名老稿匠。

到了前辈的住宅附近，诺芹不信市区内有那样好环境。

"哟，"她对林立虹说，"要加稿费了。"

林立虹即时揶揄她："岑小姐脑子里没有第二件事。"

诺芹立刻警惕，要是真的太贪，尽管同她上头要求，切莫口轻轻随时随地提，叫人耻笑。

诺芹顿时静了下来。

林立虹自觉失言，只得噤声。

幸亏两个女孩子都还算大方，不再追究。隔一会儿见林立虹讪讪说："你看，在烦嚣都会中，一样可以住得好。"

半独立小洋房背山面海，说不出的恬静。

一按铃，女主人亲自来开门。

是一个眉目清秀的中年女子，短发，穿便衣，神采奕奕，笑容满面。

"欢迎欢迎。"

人与室内布置，都叫客人神清气朗，感觉舒服。

岑诺芹内心不由得生出一股仰慕之情：我老了，也要这样舒泰。

林立虹将她俩互相介绍。

女用人捧出红茶、咖啡和糕点招待。

诺芹窝在白色大沙发里，翻阅茶几上一本莫奈荷花池画册，浑然忘掉来此的目的。

林立虹咳嗽一声："龙女士，你肯见我们，真是十分荣幸。"

"太客气了。"

"龙女士，我们想请你出山。"

好一个前辈，不慌不忙，不徐不疾地笑笑答："你们邀请我，我觉得很高兴。"

林立虹跳起来："那即是答应了？"

龙女士按住她："你且听我说。"

林立虹急了："诺芹，你怎么不说一句话。"

诺芹连忙放下嘴边的芒果芝士蛋糕："请龙女士赏面。"

可是前辈笑眯眯说："我已经退休了。"

诺芹心细，发觉前辈手腕上戴百达翡丽男装白金表，脚上穿古驰平跟鳄鱼皮鞋，性格又相当低调，并不爱出风头，根本没有复出的理由。

果然，她这样说："写作是苦差，留待你们做了，有空来喝杯茶，告诉我文坛新气象。"

林立虹大失所望。

岑诺芹接着问："你觉得宇宙日报的副刊可中看？"

龙女士仍然笑容满面："都写得很好，我天天拜读。"

林立虹还想挽救，龙言征却已经站起来："请来赏花。"

原来后园种着不少玫瑰，空气中充满甜香，大半已经谢落，但花蕾继续生长出来。

她们又闲谈一会儿才告辞。

林立虹颓然："我还以为水到渠成。"

"你太过高估宇宙日报的号召力，又太过低估前辈的智慧。"

"真没想到退休生活可以那样舒服，是故意叫我们去见识吗？"

诺芹摇头："我不认为如此。假使想招摇，大可请周刊来拍照，人家是真想请我们喝杯茶。"

"唉，你还是照旧与文思做搭档吧。"

"我也退休。"诺芹怪艳羡。

"你，你吃西北风？"

真的，还穿着 T 恤搭地铁，怎么言退休？

诺芹叹息："原来，连一个写作人要走红，也得配上天时地利人和。"

林立虹接上去："天时是经济向上，大把老板踊跃办报；地利是都会具言论自由；还有，人和是读者欣赏，缺一不可。"

"说得真好。"

"现在时势是差一点了。"

编、写二人没精打采地回到市区，两个人都不想回去工作，她们去逛商场。

"流行灰色呢。"

"已经灰头土脑，不，我抗拒灰色。"

"那么穿大红。"

"凡是老女人想抢注意，都穿红色。"

"这个牌子好看。"

诺芹哧一声笑："一个编一个写，都是手工者，一无大户，二无嫁妆，省着点花，充什么场面。"

"岑诺芹，你这人挺有意思。"

"林立虹，与你说话是赏心乐事。"

"别人会说你笼络编辑。"

"我一向不理别人怎么说。文坛历年来私相授受的黑暗说之不尽，有一阵子，个个都自诩是老板的红人，欺压编辑。"

"嘘。"

"是是是，不宜多说。"

隔一会儿，诺芹想起来问："有无见过伍思本女士？"

林立虹摇摇头。

编辑来，编辑去，无人挂念。

"关朝钦可是个好上司？"

林立虹淡然答："至少不会叫助编斟咖啡。"

啊，原来一直记仇，伍思本实不该有风驶尽舵。

林立虹说："我已把你小说题目改过，现在叫作《二十岁了，有点感慨》。"

"二十岁有什么好感慨？"

"噫，考不上大学、失恋、姿色与资质一般平常，又不能做选美皇后，烦恼多着呢。"

倒也是。

"快点动笔吧。"

"再勤力，也写不回欧洲跑车。"

"人人那样想，那副刊通通得开天窗了，如此幼稚，亏你还做信箱主持。"

"真累。"

"我也是。"

两个人都苦笑。

结果，还是由诺芹把编辑送返报馆才回家。

前姐夫在楼下等她。

高计梁这次更加褴褛，连西装外套也不见了。

不要说诺芹看到他有点心惊，连大厦管理员也不放心地张望。

"芹芹，一起喝杯茶。"

诺芹有点心酸："好。"

管理员借故走过来："岑小姐，没事吧。"

"没事。"

她把他带到附近茶室。

"你的奔驰车子呢？"

"断了供款，早就被公司拖走。"

诺芹低下头。

"芹芹，我后天到澳洲去，今日来向你道别。"

"什么？"

"那边还有生意可做，朋友愿意救我，我也乘机过去避债。"

诺芹一时不知讲什么才好，忽然说："那边排华。"

"全世界最排斥的是穷人。"

诺芹不再出声，他说的都是事实。

"想向你借张飞机票。"

"呵，有。"

她立刻开出现金支票，交到高计梁手中。

"谢谢你，芹芹。"

"不客气。"

他忽然说："叫你姐姐小心点，今非昔比。"

这是恐吓吗？诺芹声音生硬起来："什么意思？"

高计梁一怔："你不知她做什么生意？"

诺芹抬起眼："她做女性饰物，像耳环、头箍，批发出口。"

高计梁凝视她，片刻才说："是，是，芹芹，我一翻身即把钱加倍还你。"

"不要担心，你自己多多珍重。"

高计梁感激："芹芹，你是个好人，谁娶你有福气。"

他站起来走了。

一年之前还是个挺胸凸肚的暴发户，一切该犯的罪都犯到十足：贪婪、色欲、狂妄、挥霍……今日连步伐都已跟跄。

原先以为都会在他脚底，此刻他成了这都市的脚底泥。

正在冥思，有人走近："小姐，可以搭台子吗？"

一看，是李中孚。

"你怎么在这里？"好不意外。

"我来送水果给你。管理员说有形迹可疑的男子同你去喝咖啡，我不放心，便跟了上来，那是谁？"

"涤涤的父亲。"

李中孚诧异："真不像。"

诺芹感慨得说不出话来："财产都叫黑洞吸走了。"

"可是，一个人除金钱之外，还应该拥有其他呀，不应减去财富，即等于零。"

"我不明白。"

李中孚解释："一个人的气质、学问、修养、品德……与金钱通通无关。"

诺芹忽然哈哈大笑："不不不，都会繁华了二十多年，渐渐进化或退化到除去 $ 符号，一切都不重要，连写作的人都只会四处招摇：我的稿费全城最高，没有人比我收过更高的报酬……凡事都标榜钱，结果钱没有了，就一无所有。"

李中孚用手撑着头："钱的确很重要，可是生活中应该还有其他。"

钱当然好，今时今日，即使不能捐官，也能捐种种博士学位；有了财富，可聘请退休外籍大学教授将作品翻译成英语，交著名国际性出版社自费出版；举行盛大学术研究会，包飞机票食宿，兼送礼物，请多多美言……

何用去争取政府区区的文艺津贴，争不到还内讧，互相辱骂，惨不忍睹，真正有失斯文。

"为何沉默？"

"在想钱的好处。"

"有钱的唯一好处是你不必再担心钱。"

这时，手提电话响了。

诺芹听："喂，喂。"

"岑诺芹小姐？这是华人银行，你今晨开了一张三万元现金支票，可是支票账户存款不足。"

啊？怎么可能，除非报馆没有如期存入稿费支票。

才说到钱，钱的麻烦就跟着来了。

"我们查过你定期账户内有现金，请立刻来办透支手续。"

"我马上到。"

到了银行一查，啊，某杂志已欠下五个月稿酬。

而岑诺芹毫不知情，糊里糊涂照开支票。

李中孚十分同情："真的靠稿费养家糊口的又该如何？"

诺芹没好气："兼职做公务员。"

"为什么还有那么多人向往做作家？"

"因为不学无术，没资格考公务员。"

"喂。"

"也有好的时候，可预支稿费，收取利息。"

"你试过吗？"

"我是老几，哪里轮得到我这种二三线作家，我要是有能耐，早就做了公务员。"

李中孚见女友决意要调侃他，也就逆来顺受。

"你不打算追讨？"

"人家是殷实商人，搞到今天这个地步，必有不得已之处，给他一点时间也是应该。当然，他要是肯卖掉老婆的首饰，也足够支付稿费，但是，没有一个商人会那样做。"

"你还打算继续交稿？"

"我虽然没资格当公务员，却还不是傻子，当然不会白报效。"

"那么，杂志始终会受影响吧。"

"那看老板的算盘怎么打了。"

"已有多久历史？"

"三十年老字号了。"

"真令人气馁，一个浪下来，全军覆没。"

"你还泡在咸水海里？你还没上岸？啧啧啧，你还担心风浪？高级公务员，你应该早有打算才是呀。"

李中孚为之气结。

诺芹嬉笑怒骂，心中却十分积郁，年轻的她投身这个行业，牺牲良多，没想到刚出头就遇到世纪风暴。

穿不穿得过风眼，就看她有无通天人地的本事了。

别的行业碰到欠薪减粮，立刻会到政府机关去示威抗议，可是写作人遇到这种事，只会忍气吞声，唯恐宣扬出去，有损声誉。

诺芹摇头叹息。

回到家里，看到一大沓读者信件，编辑部留言："请挑选比较有趣味的来信。"

诺芹喃喃咒骂："是否要指导闺房耍乐？"

只怕有人嬉皮笑脸回答："求之不得。"

有一封信颇特别："我打算移民加拿大，可是听说那个国家实施半社会主义，福利好到这种地步：在公立小学，一个老师教二十六个正常学生，但由另一个老师专门照顾一名弱智儿，这样高福利自然由高税率支持，把宝贵资源丢入此类无底洞，是否良策？人道主义泛滥的国家是否适合小资产阶级移民？"

诺芹微微牵动嘴角。

她致电编辑部："想看文思答案。"

片刻答案来了："资料有限，无可奉告。"

咦，倒还老实，知之为知之，不知为不知，是为知也。

诺芹也写上答案："外国奇怪的事多得很，暗涌至激，走之前想清楚。"

文思与文笔二人的意见第一次相同。

不知怎的，编辑却选择刊登这封信。

读者群情汹涌。

"加国就是这等先进。"

"人人有生之权利，先进国家不实施精英淘汰制。"

"什么样冷血之徒，会忌妒这种福利。"

"当你有弱智子女，你会怎么想？"

"别想得人家太好，申请人有问题子女者，往往不获批准移民。"

寂寞的心信箱还是那么受欢迎，其他模仿者望尘莫及。

这个俱乐部堪称淡市中的奇葩。

每一件成功的事，背后都有忌妒中伤，也有许多人当文思与文笔是毒草，要除之而后快。

——"两支藏头露尾的隐名笔，每个字都像一个毒瘤，遗祸人间，荼毒读者心灵。"

哗，有没有那样厉害？

"一看就知道是甄素某与伍某娟的笔名，装神弄鬼，一唱一和，一对一答，做一台戏，扮小丑。"

诺芹读了，心里非常不舒服。

手里拿着冰激凌筒，总有人忌妒吧，尤其是这种时候，好像只有这个信箱才站得住脚。

"文坛吹起一股歪风，庙小妖风大，水浅王八多。"

这也是名刊路上必须付出的代价：对付一双双红眼睛。

诺芹摊开了另一封读者信。

"文笔：我认识了一个漂亮的女子，她从来不在白天出现，我们只在黑夜见面。她把我带到她家里去，啊，真是一个说不出奇妙的地方，没有窗、没有钟，只有音乐、美食，以及好酒，我遭到迷惑，不知怎么办好，请指教。"

诺芹真心羡慕："像赌城拉斯维加斯，那里的赌场，也没有窗，没有钟，目的不想人知道是什么时间，也不想客人回家，方便永远耍乐，你女友家一定也没有顶灯，只有一盏盏柔和的小台灯吧？好好享受这种情调，你是一个幸运的男人。"

文思却这样答："快回家，这个女人一定有不良企图，试想想，世上哪有免费午餐……"一直啰唆了五百多字。

在文思眼中，钉是钉，眼是眼，我付你十元，赎回九毛九都不行，全身找不到一个浪漫的细胞，这种人教小学最好，怎么会从事文艺工作。

叫岑诺芹好笑。

不过，诺芹也明白，非得有文思在另一头唱反调才算好看，否则，就落了俗套，伍思本这旧瓶新酒设计得十分精彩。

可惜，这位女士功未成身已退，不知去了何处。

要找，当然找得到她，可是见了面又该说些什么？

是故意遗忘她吧。

在这之前，副刊上也有不少歌功颂德的记录："与本报三巨头之一伍思本女士茶聚……"

"伍思本小姐说得好，文坛需要新血。"

"在伍思本英明的领导下，副刊欣欣向荣，淤血去尽。"

现在一切不变，把伍思本三字划掉，换上关朝钦即可。

诺芹无限唏嘘。

这是社会风气上的一种倒退，本来已经进步到讲实力，不讲人际关系，公平竞争，能者夺魁，现在又搞个人主义，联群结党，简直是往回走到二十世纪六十年代。

岑诺芹当然不会说出心底话，她扫清自家门前雪就好了，不过是一份工作，何用呕心沥血，这也是一种心灰的表现。

傍晚，来到姐姐家，看到小涤涤在扮大人。

诺芹忍不住笑了，也亏得庭风有那么多玩意可以借给女儿。

看，钻石项链、珍珠耳环、羽毛披肩、纱裙、钉珠片的高跟拖鞋……

诺芹哈哈大笑："万圣节到了，凭这身打扮出去讨糖吃无往而不利。"

庭风在一旁也笑："不少社交名媛的品位也并不比涤涤好。"

一会儿涤涤腻了，脱下衣饰，做功课去。

诺芹顺手取过项链，咦，她是识货之人，拿在手上只觉有点沉，不像是假的，她再仔细看，手工那么细致："姐，这是真货。"

庭风笑："所以这个牌子大受欢迎，无比畅销。"

"呵，几可乱真。"

"真同假，不是看首饰，而是看身份。这种身外物能有多贵？戴得不好看，或是存着炫耀之心，姿态无比庸俗，真的也没有用。"

诺芹抬起头，她觉得有点不妥之处，可是一时间又讲不出是什么。

庭风问："高某还有无来找你？"

"啊，又来过一次。"

"还是要钱？"

"他说要到澳洲去发展。"

"哼，澳洲那么大，哪个省哪个埠？"

诺芹说："安顿下来，他会有消息给我。"

"钱用完了，一定会现形找你。"

诺芹不回答。

她手上拿着那副假南洋珠耳环把玩。

"喜欢？拿去戴着玩。"

诺芹顺手夹在耳上。

"他再来找你的话，你大可召警。"

一点感情都没有了。

她甚至不想他跌倒给她看，对他的潦倒，也不觉痛快，只有厌恶，怕沾惹上身。

完全是陌路人了。

诺芹一次这样答读者："老实说，我希望前度男伴事业成功，名利双收，国际闻名。不是想沾光，只是不想被连累，免得好事之徒嚼蛆。通常非议别人夫妻关系欠佳，并非神仙眷属之类的不是享福的太太夫人，而是寡母婆或老小姐，很难同她们分辩。"

叫他有一日后悔有什么用？像岑庭风，早已把关于前夫的所有记忆洗得一干二净。

收到高计梁自澳洲寄来的明信片，诺芹松口气。

他没有骗小姨子。

明信片上只有三行字，诺芹读了两次："帮朋友在虾艇上工作，越南人多，很凶恶，每天做十二小时，极累，但是一条生路。"

文理不甚通顺，但是诺芹明白他的意思。

愿意这样吃苦，也真了不起，仿佛回到十年前，他跑佣金做经纪的时候。听他说，那时十天就跑烂一双皮鞋。

信上没有地址，邮戳是悉尼。

那天，诺芹睡得相当好。

第二天，她戴着假耳环上街。在商场里，有时髦太太追上来问："这位小姐，耳珠在何处镶的？"

诺芹讪讪，顺手指一指某家法国珠宝代理，那位女士欢天喜地道谢而去。

诺芹吟道："一天卖了三百个假，三年卖不出一个真，唉，假作真时真亦假。"

她约了林立虹喝茶。

林立虹带一人来。

她提高声介绍："诺芹，这位是关朝钦。"

虽是意外，诺芹也不好说什么，笑容满脸地招呼："久闻大名，如雷贯耳。"

这八个字无往而不利。

那关某也礼尚往来，立刻取出几本岑诺芹的小说要求签名，说是受朋友所托。

场面虚伪而融洽。

关君这新中年相貌学问均普通，一双眼睛却炯炯有神。

"没想到岑小姐这么漂亮。"

"叫诺芹得了。"

林立虹觉得这次会面十分成功，有点扬扬得意。

关某有意无意探问诺芹过去。

诺芹把留英一笔轻轻带过，一味含蓄地表示为宇宙出版机构服务是何等光荣。

那关朝钦全盘受用，仿佛他已不是打工仔，而是宇宙创办人之一，代表宇宙讲话。

他滔滔不绝，倾诉他的宏伟计划：如何改革文坛，提携新秀；天降大任于是他也，他辛苦得不得了。

诺芹一味唯唯诺诺。

没有几个可以坐得暖这个位置，一转眼就不知流落何方，但是今日岑诺芹必须应酬他，何必得罪这个人呢。

关朝钦对岑诺芹相当满意。

"立虹，给诺芹做个专访，放大彩照，叫全市读者一打开报纸就看得到。"

诺芹连忙答："谢谢，谢谢。"

那关朝钦忽然兴奋地把手搭在诺芹肩上。

诺芹轻轻一侧身，不露痕迹地将他的手摆掉："我去洗手间。"

林立虹看在眼里，暗暗佩服。

关某目光没有离开过岑诺芹苗条的背影。

"大眼睛，未婚，二十多岁，真值得捧红。"

口气有点似二十世纪五十年代舞女大班。

"有无亲密男友？"

林立虹机灵地反问："你说呢？"

"生活一定很正常。"

"那当然，不知多少人追求岑诺芹。"

关朝钦的口吻忽然又像电影公司总制片："给她做一张合约，叫她独家为我们撰稿。"

林立虹踌躇。

"尽管试一试。"他鼓励助手。

诺芹回来了，她客套地说："我还有点事，想早走一步。"

关某说："我们下次再一起吃饭。"

诺芹一边笑一边退，走到街上笑容还未褪。

唉，以为从此大权在握，可大展宏图了。

她转进商场。

忽然想起姐姐的皮夹子旧了，线口脱落，她想顺便替庭风买一个新的。

这时有两个少女走过来围住她。

"岑小姐，我们是你的读者，请帮我签个名。"

诺芹欣然签名。

"岑小姐，我们最爱看你写的寂寞的心俱乐部信箱。"

什么？

"文笔是你的笔名吧？"

"为什么叫文笔，叫文理岂不是更好？因为你的答案都是最理智的，与文思的温情主义刚刚相反。"

"要不，叫文智一样恰当。"

诺芹看着读者纯真的面孔，鼻子忽然发酸，呵，只有他们是明白人，什么都瞒不过他们的法眼。

他们一直知道文笔就是岑诺芹。

"岑小姐，请不要再拍彩照，爱登大头照片的女作家已经太多了。"

"请努力写作，一年两三部长篇小说实在太少，多写点，我们热切期待。"

"是是是。"

那样辛苦地工作，一字一字伏案写出，若不是为了读者，谁耐烦那样做？区区一份薪酬，什么地方赚不到？

为了读者，一切辛苦都是值得的。

两个读者再三祝福她才离去。

诺芹长长吁出一口气。

真的，多久没好好坐下写小说了。

一直说繁华都会无事发生，乏善可陈，终于大时代来临，社会动荡，可是，又有几人把这一切记载下来。

书评人一直怨说都会开埠迄今，没有一篇好小说，其实他也有纸有笔，为何不写，一味嗟叹。

诺芹决定动笔，一半时间为市场写，找生活，另一半精力为读者写，报答他们热情。

经过名牌手袋店，诺芹走进去。

她向店员解释："我想买一个长方形皮夹子，外面有你们那著名的 C 字标志。"

店员一愣，随即笑道："岑小姐，你好。"

诺芹没想到店员也认识她，连忙点头。

"岑小姐，我们从来不生产皮夹子、眼镜套或钥匙包，只有冒牌货才做那些。"

诺芹耳畔"嗡"一声。

有几件事在一刹那连在一起了，可是，诺芹仍然只有模糊的概念。

她嘴里说："是是是。"

"岑小姐，看看我们最新款式的背包可好？"

"不用了，我改天再来，谢谢。"

一出店门，她就往姐姐家去。

明知应该静心动笔写作，可是仍然爱多管闲事。

一进门，不理女佣，就走进姐姐卧室。

她打开衣柜，把庭风所有的手袋取出来，拉开窗帘，在阳光下细细检查。

啊，诺芹抬起头来，都是冒牌的假货。

已经仿得极为细致，几可乱真，但是，因为成本有限，功力不足，还是露出马脚。

诺芹一颗心突突跳。

是担心姐姐经济大不如前，用假货撑场面？

不不不，她知道老姐的财政固若金汤，不用她这个妹妹过虑。而是电光石火间，她明白，岑庭风很可能就是这些冒牌货的出品人，至少，也是集团的大批发家。

诺芹不住叫苦。

这是违法行为，海关追打甚严，她想都没想过姐姐会是个犯法的人。

是高计梁一句话启发了她的疑虑："你不知你姐姐做什么生意？"

真是，卖发夹头花，能赚多少，怎么会有能力送汽车给妹妹。

原来真相如此。

手袋什么牌子都有，法德意最吃香的贵价货通通在此，真叫岑诺芹傻了眼。

用人进来，诧异地问："是找手袋用吗？"

书房里还放着新货，浅蓝色亮皮，正是刚才在店里见过的最新货色，魔高一丈，已经仿制出来了，只不过真货是真皮，假货是塑料，一时也难分真假。

诺芹呆呆地坐着。

片刻，庭风回来了。

看见妹妹捧着她几个手袋发呆，心中有数。

她不动声色，笑问："什么事？"

诺芹瞪着姐姐。

"又是失恋？"

"我从来没有恋爱过，怎么失恋？"

"不愧是寂寞的心俱乐部主持人。"

诺芹惊问："你怎么也知道那是我？"

"小姐，你的笔法若没有性格，也不会走红。既有风格，谁认不出来？"

诺芹低下了头，原来，谁也瞒不过。

庭风闲闲取过手袋，若无其事，真是高手。

诺芹冲口而出："姐姐，法网难逃。"

庭风转过身子来啐一声，铁青着面孔："掌你那乌鸦嘴。"

诺芹急得哭出来："姐姐，你快抽身吧。"

庭风给妹妹一块热毛巾："你眼泪鼻涕的干什么？"

"我害怕失去你。"

"我又不是打劫、贩毒。"

"走私一样是个罪名。"

庭风的声音越来越高："你不说我不说，谁知道。"

诺芹伤心得说不出话来，双手掩脸，眼泪自指缝中流出来。

一直以来，姐妹俩相依为命，庭风是她世上唯一亲人，她关怀姐姐，多过自己。

想到多年来她俩的孤苦，而庭风又是一个年轻离婚女子，带着小孩，在这个所谓风气开放的社会不知受了多少委屈，诺芹哭得无法停止。

"芹芹，你怎么了？"

诺芹不出声。

庭风静静说："记得你第一次看到我抽烟，也哭成这样。"

诺芹抽噎："我以为我的姐姐堕落了。"

庭风笑得弯腰。

"姐姐，为了我，为了涤涤，请金盆洗手。"

"早已不干了，不然怎么会决定移民。"

"道上的兄弟肯放过你吗？"

"你看武侠小说还是黑社会漫画，那么多术语。"

"这些冒牌货从何而来？"

"东南亚几个热门地点制造。"

"输往何处？"

"北美洲几个大城市。"

"你负责什么？"

"出入口转运。"

"搜出来怎么办？"

"No pain，no gain."

"你晚上怎么睡得着！"

"讲对了，"庭风叹口气，"辗转反侧，所以衰老得那么快。"

诺芹拎起那款最新的银色晚装手袋："这款式我刚在一本杂志上见过，标价八千六百元，你卖多少？"

"二千五百元。"

"那么贵？"

"这不是纽约华埠运河街的货色，相信你也看得出来。"

"你赚多少？"

"你来查账？"

"好奇而已。"

"我赚百分之十五。"

"发财了。"诺芹惊叹。

庭风冷笑一声："所以，杀头的生意有人做，亏本的生意无人做。"

诺芹感慨得跌坐在沙发里。

"这一年冒牌货生意暴涨，我却已忍痛撒手，你放心好了。"

"是怎么踩进这个浑水里面去的？"

"想生活得好一点。"

诺芹不语，答案太真实了。

"有人找我接头，我觉得可以合作！"庭风似不愿多说。

在那种紧急关头，是与非，错或对，黑同白，都会变得十分混淆。

"高计梁也知道。"她警告姐姐。

岑庭风抬头，睁大双眼，讶异地说："这件事由他接头，是他认为可以赚的快钱。"

诺芹颓然："就我一人蒙在鼓里。"

"你小，不应知道这事。"

"姐，你可是真的洗手不干了？"

"真的。"

诺芹已经哭肿了脸。

"你看你，自始至终，没有长大过。"庭风叹息。

这时，工人带着涤涤放学回来，小孩也懂事，看到阿姨眉青目肿，大吃一惊。

"什么事？"她丢下书包跑过去。

庭风抢先说："阿姨失恋。"

涤涤放心了："失恋不要紧。"

诺芹不服："失恋会死人。"

涤涤却说："妈妈说，失恋自己会好，可是厕所坏了非修不可，只有更烦。"

这是什么理论，岑庭风怎么教女儿，匪夷所思。

"妈妈还说什么？"

涤涤似背书般流利："妈妈说，凡是失恋想死的人，让他死好了，免糟蹋社会米饭。"

"哗，一点同情心也无。"。

"咄，世上不知多少真正可怜的老人孤儿需要同情。"

"我回家了。"

庭风说："我送你。"

走到楼下，庭风握着妹妹的手："我真的已经洗手。"

"几时的事？"

"申请移民之前半年，免节外生枝。"

"家中那几只也快快丢掉。"

"好好，都听你的。"

"带冒牌手袋入法国境是违法的。"

"下雨了，小心驾驶。"

寂寞的心俱乐部

**伍.**

到头来，只有马步扎稳，
基本功深厚的老实人跑到终点。

诺芹静静回家。

一个人坐下来，把小说写完，又开始新的一篇。感触良多，眼泪一直流出，无法抑止，双眼炙痛，被逼躺下。

这几年来，她受姐姐恩惠甚多，所以才可以从事写作，做她喜欢做的事。

庭风照顾她无微不至，所以她可以大方潇洒，时时对蝇头小利嗤之以鼻。

电话响了。

是林立虹："岑诺芹，你走狗运，关总说要捧红你，叫你出来拍照。"

"叫他先捧红自己再说吧。"

"又耍性格？"

"我决定把宣传时间用来努力写作。"

"疯了疯了，你是要学杨桂枝还是梅绍文？"

"我做我自己。"

"人家已经赚够，离岸享福，当然不用踩人，你怎么同人比？"

"恕我不再应酬。"

"自寻死路。"

"随得你诅咒。"

"我正想搞一个猜文思、文笔真实身份的游戏。"

"立虹，你不愧是马戏班主。"

"我喜欢马戏班，试想想，还有什么可以叫你们这班不羁的文艺工作者低头？"

那条驯兽的万能电鞭叫逼人的生活。

诺芹哼一声。

"那，我叫刘浩英拍照，她会高兴得翻倒。"

"对，叫她好了。"

诺芹挂上电话。

稍后，她草拟一张合约，传真到银河出版社，主动表
示　年愿意提供四至六本小说。

一个作者总得写作，一个演员必定要演戏，学生要去
上课，光是宣传拍照，大抵是行不通的，并且，看看历史，
也没有什么人凭这样成功。

五年过去了，年纪大啦，得立定心思好好工作，不然，
再过十年，有人问："你做什么？"

"作家。""你有什么作品？""……"

她静静等银河出版社答复。

那是一家殷实有历史的出版社，他们不会耍手段。

过去，写作人都嫌银河不够时髦，不擅花巧，又缺乏
宣传，现在一个衰退浪打过来，反而显得银河实事求是，
难能可贵。

门铃响了。

李中孚提着水果上来，看见女友灰头土脸，面目浮肿，
不胜讶异。

岑诺芹虽然爱闹情绪，却不常哭，这次是什么缘故？

他不动声色说："我又没说不娶你。"

诺芹不甘示弱，立刻回嘴："一想到有可能会嫁你，立刻悲从中来。"

"什么事，愿意说出来吗？"

"一时想起亡母。"

李中孚并不笨，知道她不肯倾诉，那也无所谓，每个人都有权保留一点秘密。

诺芹用冰水敷眼。

"桃子新鲜，替你加些奶油。"

"李中孚，没有你，还真不知怎么办。"

李中孚点头："路遥知马力，日久见人心。"

真的，以前五光十色，花多眼乱，四周围都是追求者，谁会注意老实的他？

李中孚轻轻说："来，抱一抱。"

诺芹与他拥抱，中孚把下巴支在她头顶。

"仍然天天洗头，这香气叫什么？"

"南回归线。"

"十分新鲜。"

"你闻不闻得出茉莉花香？像是南国之夏！叫人神往。"

"我没有女作家那样的丰富想象力。"

"嘿，女作家仿佛一直是个贬词。"

"你多心了。前日，上司问：'你女友做什么？'我答：'她是名作家。'"

"对方立刻问：'她写些什么？'"

"是。"

"你怎么回答？"

中孚回答得非常自然："她是小说作者，写的故事十分受读者欢迎。"

"谢谢你。"

"我以你的职业为荣。"

诺芹十分感动。

那日她精神不好，一早就睡了。

半夜听到电话铃急响，她只得挣扎起床，看一看闹钟，不过是一点多，可是说不出的孤寂。

她取过听筒，喂了一声。

那边有人喧哗大笑："文笔女士，我想自杀，你快来救我，哈哈哈哈哈。"

诺芹立刻知道发生了什么，立刻挂断电话、拔掉插头，世上就是有那么无聊的人。

她喝了一点酒，再蒙头大睡。

第二天，诺芹很镇定地请宇宙日报一名相熟的记者戚榆义陪她去报警。

督察查过来电显示器上面的号码："那是一个公众电话，无法追究。"

诺芹不出声。

"岑小姐，你不如更换电话号码，并且，所有公众人物都应该小心保护隐私。"

"是。"

记者小戚陪她离开警署。

"原来，你就是文笔。"

诺芹笑："现在，你已知道我最大秘密。"

"我们早已怀疑，谁还有那样辛辣的文笔。"

诺芹不出声。

"对不起，我太坦白了。"

"不要紧，我最怕人家赞我聪明。"

"为什么？"

"那是最不服点，明赞暗贬的刻薄语。试想想，一个人到了二十五岁还只有小聪明，多么悲哀，聪明即表示会迎拍，擅钻营，将一个人的勤奋用功一笔抹杀。"

"你太多心了。"

"你不是我们那一行，你不会明白。"

"这么说来，你们那行真的蛮可怕。"

诺芹苦笑。

"不过，"小戚说，"比起我们又还好些。"

"咦。"

"你想！本市开埠以来，至少出过三位数的名作家，试问，有没有名记者？"

诺芹怔住，小戚说的，都是事实。

"还是做作家上算，不用上班，名成利就，还有，一直可以写到老。"

诺芹笑了："听你说，写作仿佛是理想职业。"

小戚笑："我也有一颗寂寞的心，愿意皈依你的俱乐部。"

"是，"诺芹点头，"还得忍受冷嘲热讽。"

岑诺芹只把电话号码告诉几个人。

银河出版负责人梅绍文是其中之一，他非常诚恳："我们已在草拟合约，岑小姐如有特别要求，可以提出来。"

"不协助宣传。"

那梅先生大为诧异："一般写作人巴不得多多宣传。"

"我想专心写作。"

他笑答："可以商量。"

"看过合同再答复你们。"

"我们将给岑小姐最优惠条件。"

真是，不做宣传，何来名气？少了号召力，怎样叫价，一切在手，则应用功工作。

林立虹的电话也来了。

"诺芹，告诉你一个消息。"

"请说。"

"关朝钦今早辞职，即日生效。"

虽然意外，诺芹也不觉惊讶。动荡的时势，变化无穷，同从前一位老总做三十年大不相同。

她笑笑说："糟，才说要捧红我。"

林立虹也笑。

"你荣升了?"

"是,请多多指教,多多支持。"

就是因为时势不安,才造就机会,令新人涌现,每人发五分钟光。

林立虹说:"还是做作家好,编辑属幕后,辛苦无人知。"

"你可以努力走到幕前。"

"我还是先做好幕后,把销路搞上去。"

"有无密友?当心事业感情不可兼顾。"

"我心寂寞。"

诺芹唏嘘,她继续做功课。

"文笔小姐:人生真是悲哀,学堂出来,努力工作,转瞬已经三十岁。我不是典型爱情小说读者,也不属伤春悲秋之人,可是期待中的爱情、幸运、快乐全没有出现。日出日落,生活只似例行公事……"

咦,岑诺芹想,这不是在说她吗?

"一日,喝完咖啡,借用洗手间,看到有一年轻男子匆匆自对面出来。他容貌英俊、身形高大,手里拿着帆布旅行袋。酒店一名保安立刻上来驱赶他，我忽然明白，他是流浪人，借用卫生间梳洗更衣。"

读到这里，诺芹想，麻烦来了。

"一刹那间，我见义勇为，一步踏上前，大声说：'积克，大家在楼下等你——什么事？这位是我的朋友，有什么误会？请经理出来。'我一边把名片递过去，我在一家著名大机构内任高职。"

啊，过分热情，像岑诺芹冒险打电话给说要自杀的读者一样，有后患。

"我替他解了围。"

读者文笔与文思甚佳，诺芹读下去。

"我们在酒店大门口分手，他向我道谢。"

事情完了吗？当然不。

假使就此结束了，读者不会来信。

"三天之后，积克的电话来了。他目光尖锐，看到名片上的姓名电话，他想约会我，我应该怎么办？"

诺芹摇头，她把情绪沉淀下来，专心回复读者："这种人不是你惹得起的，速速更换电话号码，冒险家乐园内纵有奇人奇事，也决不适合良家妇女。请努力克服寂寞芳心，致力亲情友情。"

像不像文思的笔迹？

连诺芹自己都觉得好笑。

终于又跑回传统的轨道上。

文思这样答："我的意见与文笔完全相同，你们会觉得奇怪吧？危险！决不可与这种人接触，他是否社会毒疮不在讨论范围，越远离越好。"

读者兴味索然。

"嗟，这种忠告我妈也会给我，何用巴巴写信到寂寞的心信箱。"

"毫无新意，该打三十大板。"

"我们要看的，是离经叛道、出奇制胜的答案。"

"倘若与教务主任的答案一样，请你们收拾包袱吧。"

第二天，诺芹约姐姐喝茶。

茶座上议论纷纷："股票重上九千点。"

"宁买当头起。"

"入市是时候了，不要怕，不入虎穴，焉得虎子。"

"且观望一下，等再稳定些。"

"咄，你这种态度怎样发财？"

诺芹哧一声笑出来，赌心不死，都会不败。

庭风叹息："永不学乖。"

"是这种冒险精神使华人漂洋过海，纵横四海。"

"你就借这次风暴写一个五湖扬威的故事吧。"

"我会尝试。"

"诺芹，我下个月带涤涤动身去探路。

"不必担心。温哥华有个朋友厨房不小心失火，白人消防员赶到，用粤语同她说：'唔驶怕。'你看，四海一家，多文明。"

"真人真事？"庭风骇笑。

"千真万确。"

庭风终于问："你可与我们一起？"

"度假无所谓。"

"但你不会落脚？"

"我与你不同，庭风，你光是教育涤涤已是终身职业，将来还可以当外婆，我，我干什么？碧海青天，有什么好做？”

庭风说：“重新读一个教育文凭也不过三年。”

“我不是那么爱读书。”

“你已爱上这个城市。”

“是，”诺芹微微笑，一往情深，“像良家女爱上浪荡子，要风光，嫁流氓，我相信都会能恢复到从前光彩，甚或过之。”

“你才是最大的赌徒。”

“是，赌输了，一无所有；赢了，与都会共享荣华。趁大哥大姐弃船退休，处处空档，升上去比以往那十多年容易多了，要抓紧良机。”

“没想到你有野心。”

诺芹吐出一口气：“我舍不下一班猪朋狗友。”

“随你吧。”

诺芹握着姐姐的双手歉意地摇晃。

“时时来看我们。”

“一定一住就整月。”

“男朋友也可以一起来。”

"老姐，你真是明白人。"

庭风一刹那间有一丝落寞："我也怕寂寞。"

"那边有牌搭子。"

"我怕一味坐牌桌的女人。"

"那么，创业，干老本行，卖你的假首饰。"

"我也有此打算。"

"趁加币低，房产又几乎半价，现在正是好机会。"

"真的。"

身后忽然一阵欢呼，原来有一桌人看到手提电脑上股市报价表："升上九千一了！"

声音里的兴奋快乐感染了诺芹。

为什么不呢？你爱美术，他爱科学，有人却偏爱股市。

李中孚下班来茶座。

庭风对他说："好好照顾芹芹。"

诺芹笑："托孤。"

"她若肯被我照顾，是我三生荣幸。"

庭风讶异："时势真不一样了，连老实人也口舌滑溜。"

诺芹却深思，那封读者信打动了她，生活不是例行公事。

中孚结了账，先送庭风回家。

庭风笑："那风流的小区与倜傥的小张都销声匿迹了吧，豪宅与名车都还给了银行，还怎么追求异性？"

诺芹有点尴尬。

"到头来，只有马步扎稳，基本功深厚的老实人跑到终点。"

诺芹不出声。

"文笔，"姐姐调侃，"解答你自己心中疑问才是最困难的事。"

诺芹仍然一言不发。

回到车上，中孚问："姐姐说什么？"

"叫我保重之类。"

"我们陪她一起走一次温哥华可好？"

"你也想过去看看？"

"许多人在那边结婚。"

诺芹没想到他有勇气说到正题。

"我挑了一枚蒂芙尼指环，明日可以取货。"

诺芹看着他。

他微笑:"不要告诉我妈妈不批准。"

诺芹摇摇头。

"或是出版社不许旗下当红女作家结婚。"

诺芹笑了。

"明日我带花一齐上来。"

"且慢,我需征求另一人意见。"

中孚诧异:"姐姐已经默许。"

文思。

是文思。

与她共写一个专栏已近一年,她的意见最保守、可靠、值得参考,她那套古老的价值观其实就是社会大多数人的观感。

你以为世界已经开放?对于别人的错误,社会还严苛得很呢。

回到家中,诺芹硬着头皮,传真到报馆。

由文笔给文思女士:"我有一个表妹,二十六岁,已届理想结婚年龄,有一殷实男子诚恳向她求婚……"诺芹把情况忠实描述一遍。

也许，义思会讥笑她不会自医，但，诺芹愿意冒险。

傍晚，答复从报馆转来，整整齐齐，由电脑打字。

"文笔：你太客气了，以后联络，可用以下号码。我仔细看了信，研究一下，再给你分析。"

噫，意外。

对她如此斯文有礼，简直不像文思。不过一贯认真，所以在读者心目中，她有固定地位。

稍后，她这样答："什么时候结婚最适当？同生日蛋糕上插几支蜡烛一样，纯属私人意愿。通常来说，二十岁太小，三十岁至四十岁头脑比较清醒，处事较有智慧，一般人觉得十分适合，而结婚这件事，一有犹疑，即应取消。即使是买卖婚姻，如有踌躇，亦不是好买卖，将来必定后悔。"

呵，如此坦诚，叫诺芹吃惊。

"可是，他对她很好……"

"好是不足够的，尽责的家务助理也对东家很好。"

"他也极为体贴，事事尊她为大。"

"一只金毛寻回犬也可以做到。"

"家母说，找丈夫，要找一个朋友。"

"母亲们的安全尺度极高，她们认为幸福是全无出错。"

"那么，请告诉我，应该找谁结婚？"

"一个你深爱的人。"

"爱不会燃烧殆尽吗？"

"那是欲望。"

"你说的那种爱，世上存在吗？"

"还有一点，我们华人总是难以启齿。"

诺芹微笑："我明白。"

"选择对象，第一要经济状况健全；第二，需人格完全，很少想到，肉身的欢愉也很重要。"

诺芹骇笑，哗，这文思真不愧是信箱主持人，没想到她会这样坦白。文思写下去："她爱同他跳贴身舞吗？他是否接吻好手，她会不会为他穿银色蕾丝睡袍？"

诺芹颓然，她不会，全部不会。

同李中孚在一起，她可能会穿法兰绒布睡衣，再加一件厚衬。

"人好，很重要，但不是全部。"

"表妹可能会永远嫁不出去。"

"那么怕寂寞的人毫无选择。"

"文思，谢谢你的忠告。"

"不客气，文笔，有空再谈。"

什么，竟同文思做了朋友？不久之前，她们不是恨恶对方吗？

诺芹必须承认，只有在母亲身上，才会得到那样的忠告。

第二天，李中孚来了。

小小一束紫粉红玫瑰花，一只浅蓝色蒂芙尼首饰盒子。

他穿便服，神情略为紧张，但仍然舒坦。公务员都这样轻松，习惯了，天塌下来又如何，十多万人一起顶着。

他看着女友。

这个相貌标致、为人精灵、身段出众的女子一向是他至爱，他最欣赏她的幽默感，她叫他笑，有时笑得溅出眼泪。同她一起生活，不愁枯闷，永远色彩丰富。

他轻轻说："你有点踌躇？"

诺芹点头。

"怕什么？"

"生育完毕，重一百八十斤及其他。"

"我不介意。"他是由衷的。

"看看是只什么样的钻戒。"

小盒子一打开，晶光灿烂，非常体面的高色无瑕圆钻。

这种时势了，也只有他才付得起现款买奢侈品。

"太破费了。"

"两个半月的薪水化为永恒，非常值得。"

诺芹一怔："你几时升得那样高了？"

"最近一次调动，将到特首办公室工作。"

"呵，做京官。"

中孚笑："这些术语你也知道？"

"你很长进。"

"有升级总比原地踏步好。"

"宿舍也比从前宽大？"

"倘若没有家室，也不想搬动。"

真是寻找归宿的女子的最佳对象。

"需要考虑？"

诺芹咳嗽一声。

"是花的颜色不对？"

"不不不，一切都非常妥当。"

"说你愿意。"

"但是中孚，我不爱你。"

李中孚大表讶异："我却觉得你事事爱护关怀我，使我感动。"

"不不，不是这种爱。"

"你有几种爱？"

"中孚，你太天真。"

"咄，这也是缺点？"

诺芹只得说："是，我需要考虑。"

他有点失望，站起来告辞。

在门口，他吻了诺芹额角，那阵茉莉加橙花的香味又传入他的鼻尖。

他愿意等她。

诺芹用双手捧着头，太阳穴突然剧痛。

正想找止痛药，忽然有人传电子邮件过来。

"文笔：我与朋友在一起，常常做益智测试问题，多个话题，多些笑料，你愿意参加吗？昨晚的十个题目是：什么是量子化学，《花生漫画》中史努比第一个主人是谁，β Σ Δ 怎么读，《西厢记》中什么人的笔杆横扫千军，法文餐前小食一字的正确拼法，导演斯科西斯三部电影名，波拉波拉是什么，还有，猫有几层眼睑，美国最近轰炸过什么国家，以及蛤蜊炖蛋的秘诀。"

诺芹咧嘴而笑，头痛不翼而飞。

这个奇怪的老太太。

她什么年纪，四十岁？

诺芹居然一一作答，轻轻松松，根本不必查字典翻百科全书。

答案发出之后，她也拟了几个问题。

"世上为什么只有梵蒂冈及海牙两个地名加定冠词 THE，为何报纸头条仍把李远哲、朱棣文、崔琦等诺贝尔得奖者称为华人，印裔妇女额头中心那点朱砂叫什么，试举十种芝士名，哪种恐龙食肉，还有，太阳系有大红斑的行星叫什么，《国家地理》杂志的创办人是谁？"

文思居然也陪她消遣。

"额头那一点红真不知叫什么。"

"叫并蒂（bindi）。"

"天下第一杂志由谁创办？"

"电话通信专家贝尔。"

"你可以参加我们聚会。"

"测试常识，总比说人是非高尚得多，我愿意加入你们。"

"欢迎。"

"文思，从前，你完全不喜欢我，是编辑部故意叫你刺激我吗？"

"不干他们事，是我真讨厌你的论调。"

诺芹不出声。

"你骄横、刁蛮、无理，完全被都会二十年来的繁华宠坏，不知惜人也不屑惜物，可以想象，男朋友的西装若不是意大利名牌，都会给你耻笑。"

是，开日本车也不行，读错酒名以后不同他出去，不愿伺候女性，什么也不要谈。

"你们什么都懂，又什么都不懂。"

"文思，你观察入微。"

"父母宠坏的专横女还有的救，社会宠坏的骄女完全无望。"

诺芹讪讪地问："你不是我们那一代的人吧？"

"我在餐厅吃不完的食物，会打包拎回家。"

"别叫那么多也就是了。"

"是，我吃三明治，连面包皮一起吃下。"

"何必那么省，你难道是环保专员？"

"地球上许多儿童正挨饿。"

诺芹忍不住笑："文思你真有趣。"

可惜，时间到了，还需赶稿。

这时，文思问她："你表妹的近况如何？"

诺芹取过钻戒，凝视一会儿，才答："他给她指环。"

"她怕错失了机会，以后不再……"

"是，十年之后，她已老大，孤独，失意，忽然在美术馆碰见他，他偕同妻儿，正在参观毕加索展品。那秀丽的太太左手无名指上戴的，正是她退回去的大钻戒。他俩的小孩聪明活泼，他大方地走过来招呼她……"

"真不愧是大作家。"

"我还有其他事，下次再谈。"

噫，同文思成为笔友了。

因为彼此不相识，可以坦率地发表意见，不必尔虞我诈，顾忌多多。

诺芹睡了。

半夜，她忽然惊醒。

在床上呆坐一会儿，她像是想到了一件重要的事，但是一时间不能肯定，又再入睡。

第二天，她忙着做俗务：到银行处理事情，买家常用品，选购内衣……一去大半天。

怪不得女明星都用助手，若岑诺芹也有近身助理，就可以专心写作了。

所有写作人都不愿承认天分所限，作品不受读者欢迎，一定怪社会风气差，没人爱看书，还有，媚俗者金腰带，清高人却饿饭等。

诺芹一度困惑："还有人怀才不遇吗？"

一位编辑笑答："有，仍有些老人家在报上发表文章，最爱指正他人错字。"

"不是说今日文坛属于年轻人吗？人人假装二十二三岁。"

"真假年轻人写不了那么多。"

当下诺芹问文思："副刊应否取消？"

"副刊文化属本市独有，《人民日报》与《华尔街日报》均无副刊，一样生存得很好。"

"总有一日会全盘淘汰的吧？"

"嗯，作家可以像欧美写作人一样，同出版社合作，直接出书。"

"文思，你可有正当职业？"

"主持信箱不能维生。"

"果然是业余高手。"

"不敢当。"

"你的正职是什么？"

她不回答。

"你教书。"

"被你猜中，真是鬼灵精。"

诺芹大乐："在哪所大学？"

"在维多利亚大学教法律。"

诺芹忧任："你不在本市？"

"我住加拿大卑诗省[1]。"

"什么，你一直在外国？"

"是呀。"

"可是，电邮号码却属本市。"

"我用卫星电话，任何号码都一样。"

"呀，原来你不是我们一分子。"

"不可以那样说，我在都会接受中小学教育。"

"可是你刮尽都会资源后却跑去外国，你没有感恩图报。"

"……"

诺芹理直气壮："你凭什么主持信箱，你不了解都会情况。"

那边没有答复。

"喂，喂。"

---

[1]　卑诗省：又译为不列颠哥伦比亚省（British Columbia），位于加拿大西部。

"我在聆听教诲。"

"不过，你不说，我真不知道要乘十二小时飞机才见得到你。"

"你想见我？"

"笔友总有见面的时候。"

"吵个面红耳赤，不如不见。"

"不会的，我们都是文明人。"

"你文明？哈哈哈哈哈。"

"喂。"

诺芹挂断电话。

她不住在本市，真奇怪，编辑部怎么会找到这个人？一直以来，诺芹都以为可能在街上碰见她。

下午，李中孚给她电话。

"我谈别的事，不是给你压力。"

"什么事？"

"记得你说过在伊丽莎白二号邮轮上度蜜月最舒服。"

"是，我说过，环游世界，三个月后才上岸。"

"我刚才查过，明春有空位。"

天沥沥下雨，天色昏暗。嫁了中孚，十五年后的傍晚可以闲闲说："大儿明年进高中，长人不少，每隔二个月需买新鞋新袜。"那么，对方会答："幸亏收入固定，这些还难不倒我。"

然后，寒夜跟着温暖起来。

"诺芹，你在想什么？"

"一会儿我去帮姐姐收拾行李。"

"冬日去加国，好似不是时候。"

"一下子看到最坏的，若能够接受，明年春暖花开，更有惊喜。"

"说得也是。"

"上飞机那日，你来开车吧。"

"也好。"

出乎意料，庭风只带了一件中型行李。

"就这么一点？"

"可以现买，何必多带。"

"顺风。"

庭风怨道："一直骗我们说会陪伴我们。"

"你才去一个星期就会回来。"

诺芹殷殷向姐姐道别。

李中孚眼尖:"我觉得庭风不似只去一星期。"

诺芹一怔:"为什么?"

"第六感。"

"不可靠。"

"为什么不跟随姐姐?"

诺芹本来想俏皮地说:"为了你。"随即觉得这不是开玩笑的时候:"去了那边,我会枯萎。"

"那边也有中文报。"

"你是希望我走?"

"不不不,当然不。"

诺芹说:"写给六百万人及三十万人看是有分别的。"

"我很庆幸你留下来。"

"假如春假她尚未回来,我们去看她。"

当夜,睡到一半,诺芹又惊醒。

是为了一个疑团。

她蒙眬间找不到关键。

第二天早上，找到维多利亚大学的网址，诺芹细细查起资料来。

法律系共有五个教席，六十名学生。

教授与讲师中都没有华裔，亦无妇女。

文思是信口开河吗？

她拨电话找林立虹。

接线生大抵是新来的，对各色人等阶级弄不清楚，又不够努力，没把名单背熟。

"林立虹？你等等。"

电话接通，是另一个人的声音。

呵，不是又走了吧，走马灯似换人。

"林立虹不是这个分机。"

"对不起，我重新再打。"

幸亏没有离职。

林的声音很快传来："谁？"

"岑诺芹。"

"明晚是编者与作者联谊会，你来不来？"

"我问你一件事。"

"请说。"

"文思可是住在外国？"

"是，稿件由加国传真过来，我已经说太多。"

"她到底是什么人？"

"你不必知太多，总之是你的搭档，一朝卖座，合作无间；万一失去读者，关门大吉，就那么简单。"

"她交稿没有？"

"一向比你准时，不需人催。"

"可有见过她？"

"记得吗？我不是约稿人。"

对，信箱创始人是伍思本，一个几乎已经被大家遗忘的名字。

"我没见过她。"

"字迹如何？"

"小姐，除了你，人人都用电脑打字了。"

再也问不出什么来。

"没事了吧，我得去开会，还有，晚会上希望见到你。"

诺芹把双臂枕在脑后，躺在长沙发上。

有什么必要那样神秘，真可笑，虽然说是私人意愿，但完全没有透明度，其人一定非常谨慎多疑。

诺芹吁出一口气。

她站起来，这样写："我的真名叫岑诺芹，想请教你的尊姓大名……"

却又犹疑了，对方不说，岑诺芹为什么要先招供？

她又倒在沙发上。

还是含蓄点好。

片刻盹着了，恍惚间像是看到母亲的影子朝一个灰色的空间走去，诺芹伸出手，想抓住母亲衣角，但是影子已经消失。

她有强烈悲哀感觉，知道以后都不能见到母亲，胸口似中了一拳，闷得难受。

就在这个时候，电话铃响了，是姐姐的声音。

诺芹诧异："到了，这么快？"

"才半天而已。"

"感觉如何？"

"真要我的老命。"

"什么事？"

"处处禁烟，飞机上不能吸，汽车里不准吸，憋死了，只能站在街上过瘾，像流莺。"

"用尼古丁贴片呀。"

"皮肤红肿，受不了。"

"还有尼古丁糖。"

"都不行。"

"老姐，索性戒掉，身心健康。"

"你先把电话地址抄下。"

"是什么地方？"

"月租酒店式服务公寓，对着河，风景非常好，涤涤十分喜欢，一会儿我陪她到楼下游泳。"

诺芹骇笑："你多久没穿泳衣？"

"太久了。"有点再世为人般感慨。

庭风叹息："凡事小心。"

"再联络。"

真巧，信箱里有一封高计梁的信，也附着地址电话。

"生活还过得去，获朋友收留，做小食生意，已安顿下来。"

诺芹连忙回　张问候卡片。

从此天南地北，庭风再也不会同他见面。

传真机里有讯息。

"早，你好。"

诺芹回答："像你这般有智慧的人，是否全无烦恼？"

"你对我估计过高。"

"最近、将来，会否返来探亲？"

"恐怕不会。"

诺芹忽然问："'可怜高堂明镜悲白发'下一句是什么？"

"'朝如青丝暮成雪'。"

"《将进酒》真是世上最佳作品之一。"

"我第一次读它是十二岁。"

"我五岁，家母从没教过我'床前明月光'。"

"她一定是有趣的人。"

"已不在人世。"

"对不起。"

"你呢，你家世如何？"

"乏善可陈。"

还是不愿透露端倪。

"看到这一期编辑部为我们挑的信件没有？"

"又是感情纠纷？"

"你有没有想过结束信箱？"

诺芹答："信箱不会结束，即使你我不写，编辑部也会另外物色两个人来当文思与文笔。"

"可以那样做吗？"

"当然，这两个笔名属宇宙所有。"

"他们倒是铁腕政策。"

"精明到极点，作者除去有限稿酬，别想得到其他好处。"

"你仿佛意兴阑珊。"

"你听出来了？"

文思没有回答。

"我们改天再谈吧。"

# 寂寞的心俱乐部

## 陆.

一个人不可能不付出代价而走完人生。

诺芹不想睡午觉，一睡骨头都酥软，未老先衰。

见有空，索性去李中孚办公室，给他一个惊喜也好。

她乘车到山上，走进政府机关那刻板、毫无装修的办公室。

诺芹还是第一次来。

只见办公厅坐满满，黑压压一片人头，说出李中孚名字，有人带她到一角等。

一间板隔房房门虚掩，可以看得见李中孚正在讲电话。

他没看见她。

工作岗位上的他是另外一个样子。

他板着面孔，脸皮有点紫姜色，忽然像老了十年，煞有介事，一本正经。

他对面坐着一个人，那人显然是他下属，年纪比他大，却得不到他的尊敬。他一味在电话中闲谈，没有挂断的意思，任由那人坐冷板凳。

诺芹真没想到这世人颂赞的老实人李中孚，还有这样的一面，不禁错愕得说不出话来。

只听得他对电话那头的人说："这笔款子不是小数目，你另外找人想办法吧。"

终于放下电话，他顺手抄起一份文件，摔到桌子上，铁青着脸同下属说："你去看仔细！"

那人一言不发，取过那沓纸，低着头离开房间。

诺芹张大了嘴，哗，这么有官威，简直不是平日她认识的李中孚。

两面人最可怕，可是，谁没有两副嘴脸呢？读者要是见过岑诺芹与老板讨价还价的腔调，还会有兴趣看她的爱情小说吗？

不过，诺芹仍然非常吃惊，她小觑了李中孚，他在她面前表现得实在太好。

这时，他忽然看到了她。

诺芹穿着蛋黄色的套装，整个人的亮丽为灰暗的办公室带来一丝金光。他表情立刻变了，似更换面具般迅速，满面笑容地迎出来。

"你怎么来了？"

"想给你惊喜。"

结果自己得到无限惊奇。

"进来坐，地方简陋。"

这并非谦虚之词。

"你没戴上指环。"

诺芹却答非所问："中孚，'岂有豪情似旧时'下一句是什么？"

不出所料，李中孚一怔："什么是什么？"

诺芹又换了题目："刚才你同谁通电话？那人似向你借贷。"

"呵，你来了已那么久？"

"十分钟而已。"

"那人是我表姨。"

"她手头不便？"

李中孚微微一笑："诺芹，你不必理会他们。"

"亲友有困难，不应当帮忙吗？"

"诺芹，在过去十年，有许多人吃喝嫖赌，趾高气扬，专门耻笑节俭朴素的亲戚，这种人一头栽倒，咎由自取，不值得同情。"

诺芹不出声。

"那位太太最夸张的时候三个女佣一个司机，最爱讥笑家母不懂吃鲍鱼，一世住房简陋。"

"你怀恨在心？"

"不，但是我不会借钱给她。"

诺芹不能说李中孚不对，他完全有权运用他的私人财产，况且，夫子说过，以德报怨，何以报德？

"相信我，诺芹，我前半生的积蓄，还不够她家半年花费。"

李中孚又变回老好人李中孚。

"诺芹，你刚才说什么豪情？"

"刚才那位老先生，是你下属？"

"明年要批他退休了，他还想延期，说幼子只有十六岁，还未上大学。"

"你不打算帮他？"

"他就是'树大有枯枝'中的枯枝。"

这口气在什么地方听过？呵是，伍思本、关朝钦，都曾经如此权威。

诺芹微微笑。

只要有一点点权力在手，立刻发挥到尽头，不顾后果，前程尽丧，在所不计。

诺芹说："我还有事，先走一步。"

"我还有半小时就可以陪你喝茶。"

"不，你工作重要。"

她头也不回地走了。

这次造访直接帮她做出决定。

回到家中，先听姐姐电话。

"树叶全落尽了，昨日降霜。"

"听上去十分浪漫。"

"正在物色房子。"

"树木太多，需剪草扫叶。"她提醒庭风。

"园工可以每星期服务。"

"对，你是富户，不需自己动手。"

"涤涤已报名上学。"

"什么？"诺芹大吃一惊，"不是说度假吗？"

庭风不出声。

"喂，回答我呀。"

"不，暂时不回来了。"

"呀。刮够了，连本带利一走了之。"

"你说什么？"庭风恼怒，"你益发疯癫了。"

诺芹挂断电话。

气头上，她这样向文思诉苦："表妹已决定拒绝那桩婚约，一个人不可能不付出代价而走完人生。嫁给那种志不同意不合的人，将来会吃苦。"

诺芹用手撑着头，写了一整个晚上的小说。

深夜十二时，文思的答案来了："表妹那样聪明的人，竟要考虑那么久，才明白到不可能嫁给她不爱的人，你说多么奇怪。"

文思说得对，诺芹颓然。

"同表妹说：良缘终会来临，切勿担心。"

"这种安慰好似太浮面。"

"当然，我不会算命。"

"唉。"

"在写什么？"

诺芹不回答。

"读者爱看的小说？"

诺芹说："我从来不知道读者想看什么，是我先写了我要写的故事，然后他们选择了我。"

"说得好，有宗旨。"

"文思，我想来探访你。"

"我住得比较远。"

"我有亲人在温哥华。"

"真是谁没有呢，都过来了。"

"你不会拒绝我吧？"

"只怕你要失望。"

诺芹忽然问："'岂有豪情似旧时'下一句是什么？"

"'花开花落两由之'。"

"谢谢你。"

诺芹写到凌晨才收笔，躺在床上，半明半灭间，忽然灵光一闪，恍然大悟。

多日来的疑窦终于在刹那间解开。

难怪信箱开头的时候，文思对她的意见如此反感，因为他完全没有共鸣，因为他根本不是女人。

文思是男人，他对人对事的观点角度与她完全不同。

诺芹长长吁出一口气。

真相大白。

她有点啼笑皆非，岑诺芹这个时髦独立的女子原来竟是对着完全陌生的男子诉了那么久心声，他在明，她在暗。

喂，文思，你为什么不说你是男人？

他一定会回答："自始至终，我有说过我是女人吗？"

一个男人，好端端怎么跑来主持信箱？

他的答案："信箱主持难道是女性专利？"

他是个辩才，难不倒他。

诺芹兴奋得一夜都没睡好，真刺激，且别让他知道她已发现他的身份。

她终于忍不住，拨电话给伍思本。

电话响了很久，诺芹以为她已搬走，电话已经取消，刚想挂断，有人来听。

诺芹连忙说："打扰你了，我是岑诺芹。"

对方像是很高兴："诺芹，许久不见。"

"可以出来喝杯茶吗？"

"我现在在工厂区办公，穿戴比较随便，不出来了，你有什么事吗？"

"没什么，叙叙旧。"

对方笑了："你叫思本才对，如今世界，人一走，茶就凉，你肯联络我，算是好人。"

诺芹喊一声惭愧。

"你们那信箱十分成功呀。"

"是你的创思。"

她并不居功："人心寂寞，找个对象倾诉一下，有什么比写信给信箱主持人更安全的呢？"

"我与文思也不再争吵了，过些时候，或者去探访他。"

"不吵不好看，当初我叫他故意与你唱反调，就是想营造一种气氛。"

"你的主意成功，当初怎么找到文思？"

"他是我大学里的师兄，有事求他，一说即合。"

"他中文程度相当好。"

"可不是，真看不出是个外国人。"

洋人！

又一个意外，文思竟不是华裔。

岑诺芹张大了嘴。

"难得的是身为中英混血儿，两边学问都那么好。"

"是，"诺芹答，"我明年去看他。"

"说不定会有意外发展，全靠缘分。"

伍思本语气平和，十分可亲。

"思本，多谢你照顾我。"

"什么话，诺芹，祝你更上一层楼。"

谈话到此为止。

伍思本那样看得开，算是英雄。她把人情世故估计得好不准确，完全知道岑诺芹找她是为了什么，爽快地和盘托出，打开谜底。

她甚至不会要求一顿茶。

仍然同从前那样洒脱磊落，她会再上去的。

诺芹再把维多利亚大学的资料找出来看，啊，找到了。

积克·列文思，年三十二岁，一九九六年加入维大……真没想到文思会有一个那样普通的英文名字。

现在，她完全知道他的底细了。

编辑部挑选的读者来信："文思与文笔两位：我今年四十四岁，孀居，寂寞，非常富有，想征求男伴，陪我游山玩水，以及打理业务，男方年龄由四十五岁至七十岁不拘。"

诺芹这样回答："业务交给专业人士，金钱交给银行，你的游伴年龄应降至二十五至三十五岁之间。经过那么多，你还想对着秃顶、肚腩？别再作贱自己，男人的精力一过二十五岁已经开始衰退。玩不动的玩伴，要来做甚？"

七十岁，诺芹哼一声，疯了，可做太公了。

文思的回答："由此可知一些女性仍然受教条规限，死要面子活受罪，有什么理由男伴年纪一定要比你大？放开怀抱，出来享受人生。他不但要高大英俊，身段好，够幽默感，而且必须有智慧。重赏之下，必有勇夫。"

两封信一登出来，给读者中的卫道人士骂个狗血淋头。

文思问诺芹："如果是男人征求女友，你会怎么说？"

"我会劝他选一个年纪相仿、温柔敦厚的女性做伴，年轻的美女通常为着利益而来，达到目的即去，徒惹伤悲。"

"说得对。"

"男女选择有别。"

但是女性为什么不能享受生活呢，女人也只不过活一次。

要是庭风愿意找一个年轻的男伴，她举双手赞成。

诺芹约了李中孚出来。

中孚一早就到，喝着啤酒等她。

诺芹坐下来就说："看到新闻没有，张端麟派驻伦敦，但愿我也有拿到这样好签的机会。"

"他可不是那样想，他当作是刺配边疆流放。"

"由此可知做官只在乎威风。"

"说过时事新闻了，诺芹，也该给我一个切实的回复了。"

"是。"

她轻轻把浅蓝色小盒子推到他面前。

他十分意外:"想清楚了?"

诺芹点点头。

那失望,也不会比以为可以升职而结果没升更大。

诺芹忽然听得他说:"股市升上去了。"

她扬起一条眉。

"大家都在看一万点。"

诺芹仍然不明白。

"失业率也在五个点之处稳定下来。"

咦,怎么说这些?

"所以,你拒绝了我。"

诺芹一愣。

"时势有转机,人心必活络,不甘心安顿下来。"

啊,两者之间的关系可以写一篇论文。

"假使股市一直往下,跌至五千点,恐怕,你不会把指环退还吧?"

诺芹温和地说:"什么,叫一个城市的经济崩溃来成全你的婚姻,那岂不是成了倾城之恋?"

"回答我。"

诺芹不肯说。

五千点是不够叫她低头的,三千点也许,届时人心惶惶,受到冲击,可能就此遁入小家庭。

他轻轻取回指环,小心放入口袋里。那是他两个半月的薪水,他的入息已过六位数字。

诺芹说:"祝我好运。"

"你那么聪明,不需好运。"

"吝啬。"

"那一向是我最不讨女性欢心的缺点。"

诺芹站起来:"我还有点事。"

"我们再联络。"

银行大楼橱窗里的电脑板显示股票一日上升记录,呵,雨过天晴了吗?

前一阵子,她与李中孚像是在漆黑的山洞里躲雨,彼此在雷电交加的恶劣环境下熟络起来,一起瑟缩。

然后，太阳升起来，她看清楚了对方，这是她愿意共度余生的人吗？

不，只得走出山洞，继续寻觅。

街头行人熙来攘往，似乎又热闹起来，抑或只是岑诺芹本身一种感觉吧。

珠宝店门前本来冷清清，现在正好有一对年轻男女站在橱窗前观望。男的见女友垂涎欲滴，低声劝道："这种华丽首饰，不是我们普通人可以佩戴的。"

诺芹笑了，这是另一个李中孚，从来没有非分之想，日日依本子办事，人家没说他不配，他自己先乖乖承认不配。

然后，有谁爱争取，不甘雌伏，他说不定还批评人家太热衷名利，虚荣心重。

只听那年轻女子反驳："将来，我一定会戴漂亮首饰。"

不用再听下去，不需经验丰富的信箱主持人，都知道这对男女立即就要分手。

诺芹回家写作。

出版社这样同她说："岑小姐，作品没有人阅读，就一

定死亡，所谓 either read or dead。切记不断创作，切勿
痴心以为读者会呆呆等大作在十年后面世。"

诺芹埋头写她的长篇。

只有姐姐的电话可以获得她立刻回应。

"涤涤非常开心。"

"那是因为你整日陪她。"

"是，只有在陌生的地方，母女才会相依为命。"

"物价如何？"

"并不如传说中那样烂平烂贱。"

诺芹微笑："一个购物税达十四个点的地方，怎么会有
人敢那样传。"

"想念你。"

"我也是。"

涤涤过来说了几句，说老师在等她练琴，又匆匆走开。

"文思与文笔两位，我立志做一个作家，请指点赐教。"

诺芹把这封短短的信拿在手上，只觉千斤重。

只见字迹稚嫩，显然是个少年。今日岑诺芹对他的忠
告，可能影响他的前途。

她这样答："这个问题你问错了人，通常只有那些刚出版了十本八本小书的人才会真心兴奋地认为自己是名作家，或是上了年纪喜欢写、没有出版过什么作品的人也希望人家当他是作家，我两者都不是，我不能给你忠告。至于我自己，我只是比较喜欢写。"

列文思读了这封回复，说："何等谦虚。"

"真心话。"

"一年前你还潇洒不羁，今日是怎么了？"

"这个城市的衰退教训鞭挞了我。"

"是，现在都会新一代终于明白人生会有挫折。"

"以后必然会随着惨痛的经验教训沉着稳重。"

"希望是。"

"你又怎么答读者？"

列文思的答案永远中肯可靠。

啊，诺芹现在知道他为什么叫文思了，列文思根本是他的姓名，伍思本真够心思。

"这个问题仿佛要请教专业人士。我问过好几位前辈，他们的意见有很大分歧，金庸与倪匡都说：写作靠天分，后天的努力勤奋没有太大帮忙。那么，我又追问：什么可谓之天分，他们分别笑答：有天分的文字一看就喜欢。这样说来，很多人都入错了行。才华论叫人气馁，中文写作生涯又十分清苦，即使走红，因市场所限，亦无法如美国作家般畅销千万册，为什么还有那么多青年憧憬做作家？可能那是极端表现自我的一个行业吧。"

来了，又来了。

言无不尽，字字珠玑。

可惜他不是职业写作人，否则又多一名年轻导师。

她问列文思："你在何处学习中文？"

"家母私人教授。"

"呵，了不起。"

"许多在外国长大的孩子都不肯学中文，我倒是例外。"

"终于派到用场。"

"学习是一种乐趣，有用无用，倒属其次。"

"写作也是，走红与否，不应计较。"

"听得出你是由衷的，但，为什么前一阵子到处都是你的彩色照片？"

"人在江湖，身不由已。"诺芹略为汗颜。

"现在转了出版社，可以乘机转变风格。"

"谢谢忠告。"

"活泼的你若完全失去俏皮，读者也恐怕会失望。"

"是，我会努力做出平衡。"

"别太刻意，做文艺工作不能叫人看出过分用功。"

"哗，那多难。"

"是讲点天分的。许多人若专心教书，早升为校长，可惜过于热衷写作。"

"咄，你是外行，凭什么批评我们？"

傍晚，林立虹同诺芹说："这阵子你太静了，一点消息也无，人家会以为你不红了。"

"不红就不红。"

"你看你，红得不耐烦了，红得要寻死了，真的不红了你才知道滋味。"

"我不怕。利息下调，楼市已有复苏现象，说不定就有新报纸面世。"

林立虹笑："对，我跳槽之际一定带着你。"

"立虹，办公室气氛如何？"

"我相信股市上升到万一二点时可恢复正常，大家脸上会有笑容。"

"不知不觉挨了一整年。"

"从来没有经历过那么可怕的一年。"

"当心，尚未雨过天晴。"

大家嘘出一口气，似乎又可以活下去了。

庭风托妹妹变卖产业。

诺芹这样忠告："回来有个歇脚处也好，何用急急出售。放着做祖屋亦不错，反正不等钱用，将来涤涤回来工作，可有地方住。"

庭风答："守着不放，如何谋利？"

诺芹说："所以，看样子，我亦不会发财。"

"最近你静好多，工作上可有荆棘？"

"我又不是歌星、明星。"

"是吗？我一向以为你是会写字的明星。"

也只有姐姐敢这样嘲弄她。

"一听你声音，就知道李中孚已成过去。"

"猜得不错。"

"三十年后你一定后悔。"

岑诺芹微微笑："可是，现在是现在。"

写到天亮，伏在桌子上盹着。

电话铃响，把她惊醒。

"芹芹，有无把你吵醒？"

咦，是姐夫高计梁。

"已醒，不要紧，有什么事？"

"我回来了。"

诺芹的心一沉，那岂不是成了四处流窜的游民了。

可是他跟着说："手头略松，想还钱给你。"

"呵，不急。"

"顺便来搜购一些东方文物回去做店堂摆设，芹芹，可否赏面出来喝茶？"

诺芹松口气："何必客气。"

"我们住在翡翠酒店。"他说出地址。

诺芹从来没听说过有这样一家酒店。她找过去，在附属的小小咖啡室等他。

这种酒店是东南亚旅行团员落脚之处，高计梁现在居然住了进来。

他还没有翻身。

唉，东山再起，拗腰重上，谈何容易。

有人叫她。

她一抬眼，呆住，是他，是高君不错，但体积大了一半不止。现在他是个胖子，红光满面，不是晒得太厉害，就是啤酒喝得太多，在街上碰见，真会不认得。

外形方面，女性保养得较好，占优势。

诺芹微笑。

这才发觉，高君身后还跟着一个人。

呵，是一个红发女子，身形比他更巨大，一脸雀斑，可是笑得更灿烂。

胖人多数和善，大抵是因为可以尽情大吃，故心情开朗。

高计梁介绍："玛挑达，这是我常常提及的可爱的芹芹。芹芹，来见我的妻子及伙伴。"

诺芹静静坐着。

人家一条大腿比她腰粗，她不敢轻举妄动。

问候过后，看得出高计梁是衷心对目前生活觉得满意。他说："芹芹，几时来探访我们吧。"

绝处逢生，已没有其他要求。

绝不留恋从前的丝衬衫及花领带，也是好事。

人的一生，变迁转折竟可以那么大。

这时玛挑达问她："你可有到过澳洲？"

诺芹摇摇头。南半球，她只对南极洲有兴趣，要不，便是阿根廷最南端的火地岛。

"几时容许我做主人招呼你。"

"是是，"芹芹说，"大堡礁最吸引人。"

真出乎意料，这次见面十分愉快，到了最后，高计梁还是提到了前妻。

"庭风还好吧？"

诺芹守口如瓶："托赖，不错。"

"涤涤呢？"

"涤涤一向懂事。"

"可有照片？"

诺芹不觉残忍，她淡淡说："没带出来。"

"玛挑达已经怀孕。"

诺芹只好点点头。

"庭风，她还一个人吗？"

这倒可以透露："是，她不是一个随便的人。"

"她的生意如何？"

"庭风已经退休。"

"急流勇退，她比我聪明。"

诺芹忽然说："你也很勇敢。"

他第一次露出唏嘘的样子来："人总得活下去。"对自己那么适应环境，也惊讶不已。

"我还有其他约会。"

高计梁取出一张支票还给诺芹。

诺芹按住他的手："姐夫，当我送给你的结婚礼物。"

高计梁讪讪地说："芹芹……"

诺芹点点头。

那玛挑达听懂了，也十分感动，拥抱诺芹。

她身上有强烈的汗臊味，非常刺鼻。

诺芹告辞。

走到门口，还听见高计梁对玛挑达说："芹芹是一名作家……"

她大学毕业那年，高君出手阔绰，送一只纯金劳力士。那只表，如今还在保险箱里，簇新。诺芹嫌俗，无论如何不肯戴。

他对她慷慨，她也知道回报。

她只想回家把南半球的汗臊味冲洗掉。

正走向停车场，忽然听见有人叫她。

"可逮住了。"

是林立虹。

她打扮过了，刚健中带婀娜，诺芹从未自这个角度欣赏过她。

"来，一齐去参加晚会。"

"我有事。"

"人是群居动物，也别太离群才好，来。"

诺芹说："我没打扮。"

"天生丽质，不用脂粉。"

"你看我白衬衫和牛仔裤——"

林立虹已经把她拉上车。

到底是她的编辑，也就是诺芹口中的二层主子，平日接触的是他们，有什么要求，他们说放行，事情方便得多，否则，吵到老板面前，只有两败俱伤，总得给些面子。

诺芹在车上补了口红。

林立虹看她一眼："行内数你最漂亮。"

"是正式投票选举结果？"

林立虹笑笑。

"今日晚会有梅雁婵。"

"呵，高手也赏面？"

"全部杂牌军如何打仗？"

"她好似不大理睬我们。"

"人家很大方，既然出来了，一定谈笑甚欢。"

"那叫涵养功夫。"

许多行家已先到，看到诺芹，都迎上来。

诺芹看到远处一张笑脸，连忙走过去招呼。

"梅小姐。"

"请坐。"

前辈到底是前辈，气定神闲。

诺芹冲口而出："有人不公平批评我，我应怎么办？"

梅雁婵一怔，随即笑道："首先，必须声明一件事：我们的文字通通是全世界最好的，如不能传世，只是天无眼，所以，一切批评，均属恶意中伤。"

诺芹没想到她会那么幽默，笑得眼泪几乎都流出来。

"是，是，"诺芹说，"我的看法也一模一样。"

梅雁婵说下去："由他批评，由我写，二三十年过去，依然故我，只觉毫无新意，什么媚俗啦，空洞啦，早已见惯见熟，到某日作品不再流行畅销，也就失去被批评的荣幸。"

"啊。"

"日子久了，你会习惯。"

"可是，我不认识那些人。"

"出了名，已成公众人物，名焉公用，人家不需认识你。"

"哗。"

梅雁婵笑吟吟："你愿意付出这样的代价吗？"

岑诺芹不住说:"为我所殷切盼望。"

"我可有解答你的问题?"

"如醍醐灌顶,茅塞顿开,我受用不尽。"

两个人哈哈地笑起来。

大家连忙问:"什么事那样高兴?"

梅雁婵立即顾左右而言他。

诺芹暗暗佩服,将来,她做了前辈,也要这样落落大方,言无不尽。

林立虹说得对,是有必要出来走走。从别人身上,总可学习,像同行都知道的一个笑话:某人所作所为,我们通通不做,已经成功大半。

诺芹还有问题,她轻轻对梅女士说:"我害怕天天交稿的专栏生涯。"

"是怕辛苦的缘故?"

"不,日日急就章,片刻编辑部催稿电话又来了。必须写满字数交功课,不能好好思想,妥善组织文字,写一些比较有意思的文字。时间、精力,就这样被一个个专栏蚕食掉,匆匆忙忙,应付了差使,已无喘息机会。"

前辈微笑，不发表意见。

"很多时，慌忙间找不到题材，专栏便如写日记，一点尊严也无。"

梅女士吁出一口气，算是答复。

稍后，她们改变了话题。

交际完毕，回到家中，发觉白衬衫上有点点红酒迹子，由此可知刚才十分尽兴。

公寓内静寂一片，诺芹甚觉寂寥。

唉，小妹虚度了二十余个春天，至今芳心凄寂……

诺芹趁着酒意，哈哈大笑起来。

笑得弯腰，笑得流泪，最后，砰的一声倒在沙发上睡着。

第二天起来，发觉左边身子紧紧压着手臂，酸麻不堪，不能动弹。她怪叫一声，连忙使劲搓揉。

不得了，一脸皱纹，都是沙发布料印上去的凹纹。她呻吟几声，一晚应酬，倦足三天，交际花不易为。若要专心工作，还是少出去为妙，精力如弹药，得储备用来做正经用途。

天气转冷了，满街女士都穿出冬装。从前买十件，现在也总得添一件应景，都选了镶毛毛领子的上衣，诺芹一点也不喜欢，索性省下置装费。

秋去冬来，分外肃杀，虽然是亚热带城市，冬季大衣可也不能少。

每次整理衣柜，诺芹都想搬到新加坡，多么简单，一年四季恒温。

旧衣并不算旧，顶多穿过三五七回，可是自己先看腻了，一件件折好，打包送往救世军。

将来子女问：妈，你的收入全去了何处？

都穿光了。

二十多岁了，也不小了，该有打算计划。

岑诺芹打了一个寒战，真不愿意想下去。

不如找文思聊天。

"为什么人生每一个阶段都充满了惶恐？"

文思答："释迦在菩提树下思考的也是这个问题，叫我如何回答？"

诺芹被他逗笑了。

他又问："你喜欢大自然吗？"

"什么叫大自然？"

"大海、森林、深山。"

"我们这里很难接触到，你们呢？"

"花六十五加元，可乘船到托芬诺岛附近去看鲸鱼喷水。"

"孩子们真幸运。"

"接近大自然，你会对生命减少恐惧。在城市生活，一切仿佛人定胜天，渐渐将上天的工作揽在肉身上，当然吃苦。"

"文思，你越来越有意思。"

"从前，我们痛恨对方。"

"是，一度我以为你是清教徒老太太。"

"哈哈哈哈哈。"

诺芹问："文思，可愿听听我声音？"

"我肯定你声如银铃。"

"可以通电话吗？"诺芹恳求。

"何必太接近呢？"他温言拒绝。

"来不及了，你我已经成为好友。"

"是，你攻击性甚强，不知不觉，已经侵略到我私人感觉范围。"

"投降吧。"

"永不。"

"我不留俘虏。"

"啊，居然格杀勿论。"

诺芹浑然忘掉人生苦楚，接着打蛇随棍上："你已婚还是独身？"她真想知道多一点。

"未婚。"

到这个时候，聪敏如列文思，应该猜到岑诺芹已知他真实性别。

但他仍然不提。

诺芹也不说。

她继续闲谈："你可有宠物？"

"我有一只十二岁大的金毛寻回犬。"

"自小养大？"是老狗了。

"不，去年才自防止虐畜会领养。"

"犬寿命顶多只有十六七岁。"

"是呀，所以没有人要它。"

"可见你是人舍你取专家。"

"不，挑选伴侣，决不会如此善心，要求非常苛刻。"

诺芹又笑了。

第二天，打开报纸，头条是"若干大机构已决定不发放年底双薪"。

林立虹拨电话来发表意见："逢商必奸，头一件事就是想到克扣伙计。有些公司仍有盈余，但也把握好机会刻薄员工，所以这些老板子孙不昌。"

"宇宙机构呢？"

"当然不甘人后，若要发，众人头上刮。"

"环境好转，明、后年会加上去。"

"工字不出头。"

"所以得势之际，需狠狠要价。"

"你说得对，何用不好意思。"

岑诺芹大笑："付不出房租才脸红耳赤呢。"

"这个农历年真不知怎样过。"

诺芹想起罗国珠、伍思本与关朝钦三人，他们的春节又该怎样过？

她笑答："咬紧牙关过。"

林立虹闷得大叫："我受不了啦，心情走到谷底，感觉是那样彷徨。"

"写信到寂寞的心俱乐部来诉衷情吧。"

"说到俱乐部，有正经事找你商量。"

编辑部一提到正经事，即不是好事。

"不能在电话里说？"

"你亲自来一趟可好？"

"您老号令天下，谁敢不从。"

诺芹真不想去。

谈判、交涉、商议……真伤害细胞，可是，不去也不行，一人做事一人当。

岑诺芹面对现实。

会议室仍然簇新，空调冰冷，奇怪，都冬季了，仍然开着冷气。

从前斟茶的林小姐今日坐在重要的位子上，有话要说，一阔脸就变，他们的样子都差不多。

林立虹走进来。

"诺芹，你真好，从不迟到。"

"得了，有话直说吧。"

"诺芹，同你讲话真舒服，不必拐弯抹角。"

"开枪吧。"

"诺芹，近日，寂寞的心信箱两个主持人已没有火花。"

"可是要取消？"

真是好消息，终于解脱了。

编辑部叫你写，你不写，那是不识抬举，不给面子，故此不得不写；有一日又下命令，说不用再写，那多开心。

那么多形式的专栏中，岑诺芹最怕做信箱主持，最爱写长篇小说。

好极了，从此以后，哪个读者的女友不再爱他，同岑诺芹无关矣。

林立虹大表讶异："你看你，高兴得那个样子，为什么？"

"立虹，是该换班子，轮到新血上场了。你挑两个牙尖嘴利，意见多多的新人顶上，仍然用文思与文笔这两个名字，做接力赛，一定有新意。"

"呃——"

"文笔与文思只不过是笔名，谁化名都一样，这叫作惯性阅读，制度取胜。"

林立虹静下来。

这鬼灵精永远有好主意。

过片刻她问："读者不会发觉吗？"

"写得更好，便不会计较。"诺芹的答案有点狡猾。

"有一度你们写得十分轰动。"

"吵架而已，人人都会。"

"咦，找几个人来骂街，岂非更加精彩？"

"所以有打笔仗这回事呀。"

"诺芹，这回是把你换下来，为什么这样高兴？"

"终于可以静心创作了。"

"不担心收入来源？"

"做了这一行，早做最坏打算。"

"这样豪气，一定有人支持你。"

"是，实不相瞒，那是我天生豁达的性格。"

"羡煞旁人。"

"那么，我请辞了。"

慢着，首先，我得同上头开会；再者，我还得去找适当人选。"

诺芹微笑："不难不难，很多人愿做作家，在你英明的领导下，才华很容易被发掘认同。"

好话人人要听，林立虹心里想：岑诺芹真不愧是有名作家，观察入微，恰到好处。

"这几期，还是由你主持。"

"那当然，义不容辞。"

岑诺芹这才明白什么叫作如释重负。

回到家中，觉得应该向伙伴交待一下。

"文思，功成身退，我已辞去信箱主持一职，特此通知。"

讶异的回复很快来到："这样重要的决定，为什么没有提早告诉我？"

"我也是仓促间决定。"诺芹把经过说一次。

"是。也只能那样做。"

"我的底线早已超过，真的不想再玩新把戏了。"

"那么，我也跟你走。"

"不不，你不需要与我共进退。"

"我完全自愿。"

"真不好意思，连累了你。"

"言重了，这一年我跟你学习颇多。"

"对，我做的错事，你不做，已经成功一半。"

"你真诙谐。"

诺芹沉默了。

"我佩服你的机智。"

"不过是街头智慧。人家叫你走，高高兴兴也是走，怨气冲天也是走，天下无不散的筵席，不如恭敬从命，欣然引退，免得惹人憎厌。"

"这道理我也懂，只是实践起来比较困难。"

"别人也许做不到，文思，我对你有信心。"

"我得向编辑部请辞。"

"文思，我们再联络。"

"文思。"诺芹恋恋不舍，她怕没有公事，列文思就终止二人关系。

"还有什么事？"

诺芹不出声。

列文思忽然说："岑诺芹，我会每天向你问好。"

寂寞的心俱乐部

柒·

列文思看着她微笑：『吃饱好出发了。』

『去什么地方？』诺芹大吃一惊。

『由我安排。』

『不，我的一生由我自己安排。』

诺芹微笑，关掉电脑。

她伏在写字台上，一分惆怅，两分无奈。

装得潇洒是一回事，心里当然不舍得。

忽然，她想到了一件事。

诺芹跳起来，把刚才的电子邮件印出来再看一次。

"岑诺芹，我会每天向你问好。"

他早已知道她是谁。

唏，两个人尔虞我诈了这些时候，简直多余。

诺芹哈哈大笑。

读者来信："我的女友变了心，我该怎么办？"

文笔这样答："赶快忘记过去，努力将来。对方要变心，你一点办法也没有，千万不要尝试任何不自爱的行为，稍后，你一定会找到更好的伴侣。"

这标准答案同三十年前的信箱忠告一模一样，应该有人为都会的信箱文化做一个简介，写一本书，借此反映出社会民生心态。

信箱主持人到底拯救了多少痴男怨女？又有几个读者真正接纳了主持人的忠告？还有，答案刊出来，起码已是个多月之后，又能否真正帮得上忙？

全是谜团。

"诺芹，我们这里下雪了。"

诺芹以为是姐姐，却是列文思。

"文思，你还未回答读者信。"

"失恋慢慢会好，不劳你我操心。"

"也许他伤心欲绝。"

"要自杀的话早就成仁。"

"过分理智有点残酷。"

"你可要问候庭风？第一个雪季，她也许会害怕。"

什么，连她有个姐姐叫岑庭风，移了民都知道，这人不简单。

"诺芹，让我公开疑团，伍思本找我做主持人的时候，已经陆陆续续将你的来龙去脉对我讲清楚。"

伍思本是只狐狸。

"你如果小气，一定生气。"

"我也知道你是谁，列文思教授。"

"那多好，我无须再自我介绍。"

"文思，现在可以听听你的声音了吧？"

列文思说："我立刻打电话给你。"

诺芹有点紧张。

电话铃没有立刻响，有三分钟时间叫岑诺芹手心冒汗。

终于来了，诺芹轻轻接起。

对方问："诺芹？"

竟是女人声音。

诺芹哇一声叫出来。

原来列文思真是女人，她惊惶得一颗心似自喉头跃出。

"诺芹，诺芹，什么事，为何鬼叫？"

啊，是庭风，诺芹喘息，是姐姐。

"姐姐，是你。"

"可不就是我，你在等谁的电话？"

"没有没有，对不起，刚才似看到有一只老鼠溜过。"

"今日下雪了。"

"啊，是吗，雪景可美？"

"涤涤赶着出去玩，摔了一跤，我替她拍了许多照片。唉，电影里也看过下雪，真没想到实景如此美丽，大开眼界。"

"谁替你铲雪？"诺芹立刻想到现实问题。

"呵，车道有自动融雪装置，电费稍贵就是了。"

诺芹不禁笑出来，看，什么都不用担心，连庭风的同乡列文思都过虑了。

"学校可因天气恶劣放假？"

"照样上学。我听老华侨叮嘱，买了一辆路华四驱车，似坦克车一般，处处都能去。"

诺芹笑："你绝对有前途。"

"可是，真正寂寞呀。辛苦了半生，倘若身边有个人做伴，多好。"庭风语气沮丧，"三点天黑也不怕，融融炉火，闲话家常……诺芹，这可不是寡妇思春，你且别误会。"

诺芹连忙安慰："八十岁老人也怕孤寂。"

"前日与房屋经纪吃午餐商量一点小事，他忽然夹一根鸡腿给我，我感动得几乎落泪，多久没有人关心我。"

"是个怎么样的人？你要格外小心，千万不要相信陌生人，钱需抓紧。"

"这是我一向教你的话呀。"庭风讶异。

"共勉之。"诺芹笑了。

"我还有选择，你放心。"

"而且，要非常谨慎，我看过报道，说中老年妇女得传染病概率突然增加。"

"我明白。"

"这种话，只有姐妹才敢说。"

"有姐妹的人都受上帝特别眷顾。"

诺芹问："过来看你，二十四小时通知来得及吗？"

"随时按铃都可以。"

庭风挂断电话。

真不巧，被姐姐占了线，说了几分钟。诺芹的电话并无插线装置，她认为那样做没有礼貌，并且，平时一天也不用一次电话。

列文思会努力地再打来吗？

才担心，电话铃响了。

"列文思找岑诺芹。"声音低沉，相当动听。

"我就是。"诺芹心花怒放。

"你好，伙伴。"

"大家好。"诺芹咕咕地笑。

他很爽快："想约会你，你来我家，还是我到你家？"

"就是你家好了。"

"春假可有空？"

"我随时可以动身，这是自由职业唯一优点。"

"给我二十四小时通知即可。"

"文思，这几日内我会做出重要决定：我想辞去琐事，专心创作，弥补过去几年懒散。"

"那是好消息，不过，以往你也还算用功。"

"你看过拙作？"

"最近补读了。"即从前没看过。

诺芹笑嘻嘻，也不打算问他意见。

他却这样说："专心写作，即暂时退出竞争。待你精心炮制的杰作面世，会不会已与读者群生疏？"

"咦，我倒没想过。"

"都会流行作品的年轻读者五年一代，三年没有作品出版，就差不多完全脱节，后果自负。"

诺芹愕然，没想到他对市场这样了解。

"我一年写两本可以吗？"

"三两本作品只可守，不可攻，造成读者阅读习惯，至少要双月刊。"

"有这样的规矩？"

"这是人人都知道的秘密呀。"

"我会详加考虑。"

千万别像那种胸怀大志的歌星，最最红的时候一定要去升学，三年后学成归来，仍然唱歌，却退至三线，一脸无奈。

不如先写一百本，然后退休，正式写严肃的题材？

"你在想什么？"

"前途。"

列文思笑："有人一想数十载。"

再聊了几句，他们挂上电话。

诺芹读报，看到政府高层调动消息，李中孚的照片放在显著的位置上。

照片中的他相貌端正，笑容可掬。记者的评语无比推崇，说他是难得的才俊，前途无量，深得上司赏识，还有，他是那一个阶层唯一的独身男子。

记者多嘴问一句未婚的原因，他笑答："高不成低不就，不擅讨好异性。"

诺芹微笑。

但愿她所有的朋友都像李中孚那样步步高升，荣华富贵，万事顺利，五世其昌。

那样，她也光荣，将来，同孙女儿说："这个大人物，可是祖母以前的男朋友呢。"

"发生什么事？"

"呵，祖母认为性格不合，与他分手。"

哈哈哈哈哈，多神气，一点也不妥协，一点也不虚荣。

岑诺芹笑吟吟合上报纸。

林立虹来电。

"诺芹，编辑部已找到信箱接班人。"

这么快？可见谁没有谁不行呢。

"她想见一见你，请你指教一下。"

诺芹忙不迭推辞："人家一定聪明伶俐，何用我多嘴。"

"不要吝啬。"

"我怕出丑，惹人耻笑。"

"当帮我一个忙，稍后我们会来看你，请准备茶点。"

"这叫作淫威。"

"谢谢你。"

信箱里有银行存结单，咦，稿费又存进去了，岑诺芹几乎感激流涕，但愿股市日日向上，否则全城人下一顿饭不知在什么地方。

她松出一口气。

只有她这种神经兮兮的人才会从事文艺工作吧。

诺芹赶到附近的茶餐厅，去买刚出炉的菠萝及鸡尾面包。

诺芹从来没有在外国看见过这两款面包，只有在唐人街才能找到。

蒜茸面包不是不好吃，但总之不及菠萝牛油。

她会做大排档丝袜红茶：连茶带壶在炉上猛火滚三分钟，滤去茶渣，加三花淡奶。

刚做好，贵客来了。

林立虹又饥又渴，一进门便说："香死了，把灵魂换这顿茶也值得。"

"你还有灵魂？别臭美了。"

同行的女孩子听见她们这样互损，不禁骇笑。

诺芹打量她，只见接班人眉目清秀，似刚刚大专毕业初入行，聪明但尚无锋芒，有点矜持，不过却不做作，还算可爱。

不过别担心，社会是个大染缸，不消三年五载，她说变就变，保不定就装模作样起来。

林立虹说："来，替你介绍，这位是甄文才。"

诺芹大奇："是笔名吗？"

"不，是真名。"

"那天生是该做这一行。"

"废话连篇，快把茶点端出来。"

林立虹大吃大喝之际，诺芹才发觉，她拎着的名牌手袋有点眼熟，也只有她的法眼才看得真切。

停睛凝视，呵，正是岑氏代理的冒牌货，几可乱真，不知多少已经流入市面，利用女士们的虚荣心而发了一注。

没想到连文化界也会受到翻版的荼毒，岑诺芹有点心惊肉跳，她别转了头，不敢再看。

"……诺芹，你的意见如何？"

"什么？"诺芹回过神来。

"我刚才说，想用另一种方式，主持寂寞的心俱乐部。"

"啊。"事不关己，诺芹决定置身度外，不予置评。

"过去一年，编辑部选出来的读者信，不及百分之一。"

她想说什么？

"信件中许多都有关生理上的需要，都没有交给你们回答。"

诺芹抬起眼来。

"我们想尝试回答这些问题，尽量以医学心理角度处理。"

用大家都看得懂的文字说，即是编辑部打算采取黄色路线。

错愕之余，岑诺芹作不了声。

心中悲哀一丝丝升上来，更加不想说话。

林立虹说："不停求变，才是生存之道，诺芹，你说是不是？"

那新人甄文才，愿意赌一把吗？

她很谦逊地说："这件事，是人之大欲，不可忽略。"

岑诺芹小觑了她的胆色。

林立虹说："由年轻男女来回答这方面的问题，当胜过历来的老油条。"

不知怎的，诺芹内心惊惶凄凉，鼻子发酸。

只听得林立虹问："你是怎么了，不赞成这个方向？"

诺芹勉强答："极难写得好。"

甄文才轻轻说："我愿意尝试，竞争激烈，不行险着，没有机会出头。"

没想到外表斯文的她有如此勇气。

这时，甄文才轻笑道："前辈们多数对这方面诸多避忌。"

诺芹尚未反应过来，林立虹已经不怀好意地点破："听见没有，岑诺芹，你已升格为前辈了。"

社会风气变迁，前辈二字已无敬意，代表迂腐、过时、脱节。

诺芹不出声。

幸亏早一步离场，否则，有人侮辱她，她还真得接受。

不过，这也是她最后一次请喝茶。客人胃内的茶点还没消化，已经肆无忌惮，请客无用，白费精力。

多好，一编一作，周瑜黄盖，愿打愿挨。

"祝你们合作愉快。"

林立虹笑答："我们一定会。"

诺芹送她们到门口。

一转背，林立虹便问她的新将："你看岑诺芹怎么样?"

"人随和。"

"可是已无冲劲。"

"她已到了结婚年龄。"

"喂，你三年内可不准嫁人。"

岑诺芹没有听到这番话。

她急急联络列文思："他们要把寂寞的心俱乐部改为生理卫生信箱。"

文思答："做得好，也是一项德政。"

"怎么可能入目！"

"你心存偏见，是因为不甘心吗？"

诺芹一怔。

"既然走了，已经不干你事，你不如计划来度假。"

"有什么好去处？"

"乘火车横渡加国，到了东岸，搭船南下纽约。"

"哗，几乎是一辈子了。"

"还有呢，接着，转飞机到英伦，钻隧道过英吉利海峡去巴黎，你看如何？"

诺芹温言问："不必理会股市上落？"

"下来的一定会上去，然后，高位必然摔低。"

"你的世界非常智慧澄明。"

他哈哈大笑。

林立虹及甄文才已经代表岑诺芹做出决定。

诺芹深深叹一口气，连漫画小说也一并辞去，一按钮，信件传真过去，结束她与宇宙的关系。

同时，她把小说原稿交到出版社。

负责人轻轻提醒她："岑小姐，十个月内你还欠五本。"

有人追真是好事，追稿同追人一样，到了四五十岁，变了阿姆，至少有编辑殷殷垂询：几时交稿？我们派人来取。不过也得自己争气，写得不好，谁来追催。

诺芹忽然开了窍，冯伟尼、杨图明、苏肖容、林长风这一批作者，久无新作，也不是因为欺场欺客，而是因为写得不够好吧？呵，无日不需奋斗。

她真想离开这个圈子一会儿，去看看世界，吸口新鲜空气，回来再做打算。

这比写黄色小说更需要勇气。

她打电话到旅游公司，电话无人接听，才蓦然发觉早已过了下班时间。

诺芹累极而睡。

噩梦连连。

梦见自己已经四十九岁半，白发丛生，犹自天天撰写专栏，拼命扮后生，装作少不更事，爱情至上模样。忽而又发觉自己在楼价至高之际买了一层小公寓，价格骤跌，就算脱手，也还欠银行七位数字，损手烂脚，不得不在专栏中装神弄鬼，满天神佛，以稳住地位……

半夜惊醒，一背脊冷汗。

所有怨气在那一刹那消失。

第二天早上起床，到旅行社买了双程飞机票。

职员问："岑小姐用什么证件？"

"本地护照。"

职员像是不相信年轻时髦的她会没有西方大国护照。

"啊，岑小姐，那你就比较吃亏了。"

诺芹微笑："不会，哪里不欢迎我，我就不去。"

顾客至上，职员噤声。

反正是去姐姐家，不必提太多行李，带些贴身用品已够。

她同庭风说："我不打算给你意外，下星期六到，请你来接。"

"我不熟往飞机场的路线，你叫计程车吧。"

"什么？"有点失望。

"是，好妹妹，你快进入自助国境，入乡随俗。"

假使叫李中孚同行，什么都可以交给他做，不过，还是靠自己吧。

"飞机票双程还是单程？"

"双程。"

"呵，还打算回去。"

"人人都走，那可怎么办。"

庭风不语，过一会儿她改变话题："到了飞机场先给我一个电话。"

"那我得先去找换零钱。"

"难不倒你这个鬼灵精。"

"唉，人们高估了我的聪明，低估了我的勤力。"

谁知庭风说："得些好意需回头，社会对你有期望，有评语，已经够幸运，谁又会对我有任何兴趣，一辈子默默耕耘。"

诺芹连忙补票："名气有什么用，还不是要来投靠你老人家。"

庭风总算笑了。

唏，诺芹想：女人越老越难待候，若身边没有老伴、子女、亲人，就把意气拿到社会叫陌生人分享，真吃不消。

自小就有点名气的岑诺芹，从来只认为出名除了比久写不出名略佳之外，没其他好处。

并且名气也要小心维护，切不可利用一点点名气横行，对于旁人那么爱出名，她深感奇怪。

她对列文思说："下周我来探访姐姐，希望可以与你见面。"

答案来了："深切期待，请第一时间与我接触。"

诺芹也有点紧张。

可是她也不能一走了之，还有其他的事需要处理。

林立虹对她说："收到你的辞职信。"

"不便之处，敬请原谅。"

"没有什么不方便，不久可找人补上。"

诺芹附和地说："真是，谁写都一样。"

"不是我说你，要回来就难了。"

"是是是。"一味唯唯诺诺,她都想清楚了。

"祝你前途似锦。"

"我也那样希望。"

连岑诺芹自己都觉得笨,既不是结婚,又不是另有高就,好端端辞去手头所有工作,跑去旅行干什么。

她自嘲:都是因为还年轻呀,不懂得珍惜,好高骛远,总觉得前面还有更好的在等着她。

趁锁上门,还可以天南地北那样乱走,就要把握好时光了。

出门之前,诺芹把公寓收拾干净,垃圾倒掉,同出版社交待过,留下庭风的电话号码,然后她拎起背包就走了。

感觉同十年前出去留学差不多,那时真是青春年少,大把本钱。

不知不觉,浪掷了宝贵光阴,现在的岑诺芹要吝啬点才行了,再也不能像从前那般豪爽,时间真需留为己用。第二个十年再一过,只剩下黄昏啦。

她打一个寒噤,在飞机上要一条毯子,紧紧裹住,预备睡觉。

不知怎的，那班飞机上没有孩子、婴儿，不觉得吵。中年人低声交换意见，话题全与数字有关。

后边坐着一个奔丧回来的中年太太，与丈夫闲话家常。

"已八十多岁，不用太伤心。"

"不知怎的，明知人生终局一定如此，等事情真的发生，仍然像头上被大铁锤重击一下，头脑开花。"

诺芹想，这位太太形容得真好。

"理智上知道母亲已不在世，可是，心理上却无法接受。"

"过三五年吧，那时，你会渐渐明白，老人已经去了另一个世界。"

诺芹心里说，是吗，为什么我到现在仍然不接受事实?

去卫生间的时候，发觉有乘客在读她的小说。

她想说：嘿，我是该书作者。不过已经太累，不想开口，回到座位，很快睡着。

航程比想象中近。

没有人送，也没有人接，出了海关，她用零钱打公共电话。

"姐，到了。"

庭风松口气："我与涤涤正心急呢。"

"出租车需走多久？"

"四十分钟，车费在四十五元左右。"

"稍后见。"

她又找列文思。

清晨，他不在家。

诺芹留言："已抵温哥华，不过需要休息，睡醒再同你
联络。"

她叫了一辆车子，照地址驶去。空气寒冽清新，诺芹
连连深呼吸。

姐姐与外甥女站在门口欢迎她。

庭风十分激动，与妹妹紧紧拥抱。涤涤一直跳跃，身
形高大不少，也开朗许多。

"总算来探访孤儿寡妇。"

诺芹不陪姐姐自怜："屋子背山面海，环境太理想了。"

涤涤带阿姨参观："一共三层，五间睡房，四间浴室，
地库住工人。"室内泳池通往后花园，像好莱坞电影中的

布景。

诺芹微笑，真是好归宿。

"你看，在这里写作多理想。"

"写作只受才思影响。"

"你住下来，四处联络，也可以介绍人给我。"

"哗，叫我做聂小倩，你自己做姥姥。"

梳洗后，又陪涤涤参观小学校。

"呵，才五分钟车程，怎么会有如此德政？"

回来之后吃了碗面，忽然眼困，诺芹倒了下来。

从前，说累得快死了，还可以顶三日三夜，现在，嘴里说不倦不倦，神智却立刻昏迷。

真不甘心，又觉不值，可是，又有什么办法？

在客房里也听见电话铃响，只是挣扎起不来。

"是，诺芹刚刚到，在睡午觉呢。列先生，可需要叫醒她？稍后再打来？也好。"

诺芹在梦中见到列文思。

高大，好笑容，十分亲切。

他问她："你这次来有什么目的？"

"找写作题材。"

"你不会失望，每一个华侨都有一个精彩故事。"

"还有，见一见你。"

"对我的期望，请勿过高。"

诺芹的心一沉："为什么？"

"小大学里一个穷教授，同李中孚身份、地位是差远了。"

诺芹愕然："你怎么知道有李中孚这个人？"

"唉，谁不晓得。"

诺芹怪叫起来。

涤涤推醒她："阿姨，阿姨，你做噩梦了。"

诺芹紧紧搂住涤涤："我没事。"

起来洗把脸，发觉天色已暗。

屋里统共只有一个女人，一个小孩，难怪庭风抱怨。

诺芹陪涤涤做功课，发觉本子上的名字是岑涤。

她走到一角，悄悄问庭风："改了姓？"

庭风牵牵嘴："我生我养我教，跟我姓也很应该。"

诺芹抬起头来："孩子可会觉得这是人生中不可弥补的损失？"

不料庭风生气了："是又怎么样？我生命中也有无限苦楚，说不尽的委屈，这世上有完全的人生吗？没有，我已尽量做得最好，不由你来挑剔。"

"姐，我没有那个意思。"

"写作人只会纸上谈兵，忽而恋爱，忽而绝症，一下子又分手，不然就团圆，你懂什么叫生活？凭想象满纸胡言。"

"哗，乘长途飞机来挨骂。"诺芹大为不忿。

庭风住了嘴。

"好了好了，我像住在尼姑庵里幻想街外花花世界，好了没有？"

"差不多。"

"岑涤，这名字也很特别。"

"一位沪籍家长笑说：涤涤要是开餐厅，可沿用从前著名的上海咖啡店第第斯一名。"

"呀，DD'S。"

庭风说："我正想开一家茶室。"

"你不如守着老本安全点。"

"对，有一位列先生找你。"

诺芹点点头。

"他是谁？"

"维大一位教书先生。"

"咦，稀罕，新发现，怎样认识？"

"是互联网络上的笔友。"

"什么，居然还有这种事？"

诺芹微笑："是，复古了。"

"你们见过面没有？"庭风似听到千古奇事。

诺芹答："快了。"

"他长相如何你还不知道？呵，我明白了，又流行盲婚啦，倒也好，先婚后友。"

诺芹笑嘻嘻："你讲完了？我还有事做。"

电话铃响，是列文思找人。

"醒来了？"

"是，每次熟睡，都觉得寿终正寝实在是福气。"

"你的联想力一向丰富。"

"是，"诺芹自嘲，"可惜缺乏组织能力，不能将这些片段连接起来，成为完整故事。"

"趁度假心静，好好构思。"

拉扯已毕，二人沉默一会儿。

诺芹先这样说："两个寂寞的心俱乐部主持人将要见面。"

"希望你不会失望。"

"你也是。"诺芹甚为谦逊。

"听说你样貌清丽。"

诺芹咕咕笑："有限，真正的美女不会从事写作。"

"气质一定很好。"

"多年争取稿酬，已焦头烂额，庸俗不堪。"

言下之意，乃一无是处，请他多多包涵，届时切勿失望。

列文思问："在什么地方见面？"

诺芹建议："到府上可好？"

"欢迎。"

"明日上午十时，我准时拜访。"

"到我家来早餐：柚子汁、鸡蛋烟肉、洋葱牛肝、奶油窝夫[1]。"

"迫不及待。"

第二天，一早起来送涤涤上课，回来把整箱行李取出研究穿什么服饰。

庭风在一边调侃："大日子，笔友见面。"

"我不够衣服。"

"你不是自诩最懂穿衣之道吗？简约即美。"

诺芹颓然，打开姐姐衣柜找衣裳，绫罗绸缎堆了一床一地，就是挑不出来。

庭风警告："时间到了，岑家女儿不迟到。"

诺芹只得匆匆套上灰色开丝米毛衣长裤，配长大衣。

"像学生。"但是已经没有时间了。

"我替你叫车。"

"我有国际驾驶执照。"

"可是你没有保险，我不会借车给你。"

"真没想到到了外国，姐你会那样刻薄。"

---

[1] 窝夫：即 waffle，华夫饼。

"戴上帽子、手套，否则零件通通会结冰掉地上。"

说得那样恐怖，诺芹不敢不听。

她把地址交给出租车司机。

那人一看，笑了："小姐，这家人住维多利亚岛，你需乘船前往。"

"什么？"

"我载你去码头。"

"需多少时候？"

"下午一时你可以到达。"

"不不，我赶时间。"诺芹着急。

"那么，我载你去乘水上飞机。"

"好，快，快。"

司机十分机灵，立刻用电话替她订座。

诺芹想，成本那么昂贵，早知，叫他到庭风家来。

空中观光，风景美不胜收，令人心旷神怡，诺芹觉得值回票价。

飞机降落，诺芹再叫车子前往列宅。

真正堪称有朋自远方来。

万水千山，终于到达目的地。

普通小洋房，面海。与庭风家不同，在这里，不只是观景，还可以步行到沙滩，空气中洋溢着盐香。

诺芹四周围巡视一会儿，走到门前，忽然发现一条小小斜坡路，有扶手装置，通往大门。

她一怔，跟着发现门口比平常宽大，并非标准尺寸。

咦，通常这样设计，是因为户内有伤残人士，轮椅需要通过。

诺芹一愕，啊，他不会是——

在门口，诺芹踌躇，即使是，他们仍然是谈得来的好朋友。

她鼓起勇气按铃。

没有人应，一只黄狗摇摇晃晃走出来朝她摇尾，诺芹这才发觉屋门原来虚掩。

"有人吗？"她扬声。

有人高声答："你来了？"

屋里光亮宽敞，门口特别阔，诺芹心中已经有数。

她内心忐忑，轻轻走近厨房。

一个人急急迎面走出，与她碰个满怀，那人下巴被她额头撞中，连连呼痛。诺芹也晕了一下，缓缓蹲下。

她看到一双穿厚袜的脚，随即有强壮的双臂扶起她。

接着，身后有轮椅驶近："教授，什么事？"

诺芹金星乱冒，一时间分不出谁是谁。待喘息停当，揉着额角，才看清楚有脚的是列文思。

她微笑："你好。"

列文思仍然蹲着问："你没事吧？"

轮椅上的年轻人说："你一定是岑小姐，我是教授的助手陈怡亮。"

招呼过后，他识趣地退出。

列文思斟一杯茶给她："抱歉害你额角起了高楼。"

诺芹要到这个时候，才知道四肢健全是多么值得庆幸。已经需要感激上天，她抹一抹额上的汗。

"你终于来了。"

诺芹看到一个神采奕奕的年轻人，不算特别英俊，但五官端正，笑容可掬。穿便服，头发需要修剪，胡髭最好刮一刮，可是他并没有特别为远方来客额外修饰。他有宽厚肩膀，强壮手臂，身形高大，混血儿特征不十分明显，说一口好中文。

诺芹微笑："是，过千山涉万水，终于来了。"

她想象被那样圆厚的肩膀拥抱，忽然有点腼腆，别转了面孔。

像所有女生一般，她喜欢高大的男伴，但随着女子身段一代比一代高挑，这个愿望已不易实现。

他带她到厨房坐下，炉灶上食物香味四溢，他招呼她吃早餐。

跑了十万八千里，还是值得的。

列文思看着她微笑："吃饱好出发了。"

"去什么地方？"诺芹大吃一惊。

"由我安排。"

"不，我的一生由我自己安排。"

"那当然，"列文思笑，"可是这次旅行，却由我做主。"

"先告诉我去什么地方。"

"那就没有意外惊喜了。"

"有许多地方我不去。"

"绝不是舞厅、赌场、毒窟。"

"是野外吧？不不不，我不爱观星或是听鲸鱼唱歌，"诺芹叫苦，"我也绝不是攀登雪山人才。"

列文思好气又好笑："你喜欢什么？"

诺芹又微笑，一杯香槟，卿卿我我呀，这才是她不远千里而来的原因。

"有灵性的人都会喜欢这个旅程。"

诺芹耍赖："我在罪恶都会长大，早已猪油蒙心。"

这时，又一张轮椅在厨房门口出现。

列文思介绍："我的明星学生冯家杰。"

诺芹连忙与客人握手。

她感动了，看情形列文思是特别眷顾他们，才把屋子改建，方便他们进出。

忽然她说："好，我跟你去。"决定慷慨就义。

列文思看着她："你不会后悔。"

他让诺芹拨电话回家。

庭风叮嘱："好自为之。"

诺芹已决定凭直觉行事，命运已经带她走到这里，再下去就得靠自己。

若不是经济衰退，不景气到几乎没有选择地步，她不会答应写寂寞的心俱乐部信箱，自然也不会与列文思有任何瓜葛，当然更不会到这个遥远的地方来做客。

试想想，这次社会的动荡竟然成全了她的感情生活。

她静静地喝着咖啡，不出声，依然微笑，没想到她见证了历史之余，还有这样美好的收获。

她说："没想到你会主持信箱。"

"那么有趣的工作，我不介意再做。"

诺芹不出声，信箱风格已变，已超过他俩能力范围。

"你得告诉我一件事。"

诺芹立刻笑答："我只选异性为对象。"

"我想知道你是否还打算回去。"

"我不想骗你，文思，鱼儿离不开水，瓜儿离不开秧，我会回去与我的基地共荣辱，这次不过是度假。"

"那么坦白实在难得。"

"语气里仿佛有讽刺意味。"

列文思笑："居然被你听出来了。"

他带她踏上一艘机帆船，甲板宽敞，船上还有其他乘客。

水手送上茶点。诺芹问一位老先生："我们去什么地方？"

老人诧异："你不知道？为何上船？"

"我跟男友上来。"

白发翁眨眨眼："你完全做对了。"

一个十来岁的少年忍不住插嘴："我们这次是去观察可狄埃棕熊，你没有带望远镜？"

老先生说："船渐离文明，生活包袱渐渐放下……"

空气清新冷冽如水晶，岸上全是原始森林，政府的保护地，数千年如一日。

帆船乘风缓缓驶过，列文思就坐她身边，她靠着他强壮的背脊。

少年低呼："树上有两只金鹰。"

群鹿散步而过，看到船也不惊惶。

老先生说："每日只准十个游客到此浏览，以免破坏大自然生态。"

诺芹动也不动，享受一切。

她凡心未尽，仙境虽然打动了她的芳心，却留不住她的肉身。

她尽情贪婪地吸收日月精华，却知道这并非她久留之地。

列文思轻轻问："还喜欢吗？"

"比我梦境还美。"

"那么，一日你想起此情此景，你也会想起我。"

这时，一位女士忍不住低嚷："熊。"

一群棕熊现了真身，数目比人还要多。

导游说："有人想上岸的话请举手。"

岑诺芹无论如何不肯举手，她双膝发软，只会咕咕笑。

列文思紧紧搂住她："不要勉强。"

老先生递上一杯热可可。

六个人下船，一个多小时后，总算全数返来，诺芹松一口气。

有两个美国游客大呼值得，不枉此行。

诺芹好奇："你们从何处来？"

"旧金山。"难怪。

"你俩是度蜜月吧，多么别出心裁。"

诺芹忽然好想好想结婚。

留下来吧，嫁给教授，闲时写数千字，一年也写不出一本书，可伪称是纯文学作品，故贵精不贵多。无聊之际跟着她的文思游山玩水，赛过神仙。

她双臂紧紧抱着这个认识了一年多见面才一天的男伴。

啊，不舍得走了。

股市上落对她来说真正已无意思。

这时一个无线电话铃声响起来。

众乘客起哄："谁，谁还带着这等玩意儿？"

岑诺芹笑嘻嘻取出手提电话，同那头的姐姐说："是，就回来了。"

她出窍的灵魂被庭风唤返躯壳。

下次，要同涤涤一起来见识大自然风光。

帆船开动机器，往回程驶。

她同列文思说："全世界都有大学需要人才。"

列文思但笑不语。

"必要时你会否考虑转换工作？"

文思说:"嘘。"指着天空。

紫蓝色苍穹上挂着银盘似初升的月亮,一只斑点猫头鹰鸣一声飞过了船桅。